書下ろし

闇奉行 影走り

喜安幸夫

祥伝社文庫

目次

一　夜鷹《よたか》殺し　7
二　女乗物の計　90
三　うわなり打ち　162
四　霊の仇討《あだう》ち　234

浅草寺
湯島天神
不忍池
神田明神
蔵前
本所
柳橋
神田川
両国橋
両国
竪川
大川（隅田川）
両国広小路
日本橋
江戸城
旗本・堀川家の屋敷
北町奉行所
八丁堀
小名木川
深川
永代橋
門前仲町
鉄砲洲
愛宕権現
増上寺
芝神明宮
浜松町
品川
北
西
東
南

「闇奉行 影走り」の舞台

小料理屋「浜久」
中門前三丁目・弥之市の住処
増上寺
神谷町
古川
赤羽橋
将監橋
金杉橋
金杉町
元札ノ辻人宿「相州屋」
田町
三田寺町
黒鍬之者組屋敷
幽霊坂
玉鳳寺
伊皿子台町
魚籃坂
泉岳寺
高輪大木戸

一　夜鷹《よたか》殺し

一

暮れなずんだ初夏の空に、ようやく夜の帳《とばり》が降りはじめた。
草むらである。川の流れの音が聞こえる。このあたり、夕刻になるとどこから
ともなく丸めた茣蓙《ござ》を小脇にした女たちが集まりはじめる。
「ぎぇっ」
人の悲鳴というより、うめき声を、近くにいたお仲間の女が聞いた。
それは短く、しかも一度きりだった。
(どうしたんだろう?)
持っていた提灯《ちょうちん》をかざし、草むらを踏み、聞こえたほうへ近づいた。

（ん？）

血の臭いだ。

「ヒーッ」

悲鳴を上げた。

提灯の灯《あか》りに浮かんだのは、朋輩《ほうばい》の草むらに横たわった姿だった。

相当の手練《てだれ》か、一太刀《ひとたち》で息の根を止められていた。


その日も、夕刻近くだった。

人宿《ひとやど》のあるじ忠吾郎《ちゅうごろう》はいつものように札《ふだ》ノ辻《つじ》の往還《おうかん》に立ち、

（あれも新参者か。つぎからつぎへとまあ、大丈夫かのう）

と、目の前をながれる往来人を見つめている。

そこへ、

「どうですかい。きょうはなにか収穫ありやしたか」

背中の道具箱に音を立て、仕事から帰って来た羅宇《らう》屋の仁左《じんざ》が声をかけた。

「ふむ。なにもないのが、一番いいのだが」

忠吾郎は視線を往来のながれに向けたまま返した。達磨《だるま》を連想させる顔に体軀《たいく》も貫禄《かんろく》があり、五十路《いそじ》を少し越そうかという年行《としゅ》きを重ねている。

職人姿の仁左は三十がらみか敏捷《びんしょう》そうな体つきで、目つきが鋭い。

往来人を見つめつづける忠吾郎は、ついこのまえ増上寺《ぞうじょうじ》の近くで起きた夜鷹《よたか》殺しの科人《とがにん》を找《さが》しているわけではなさそうだ。町々をながして帰って来た仁左も、とくにそれを訊《き》いたわけではない。


その一帯は江戸の町には違いないが、街道筋という特徴も備えている。

東海道《とうかいどう》から江戸に入る旅人は、品川宿《しながわしゅく》を抜け袖《そで》ケ浦《うら》の海浜に沿って高輪《たかなわ》の大木戸を抜けると、やっと江戸に着いた思いになる。

両側に石垣が組まれた大木戸を入ると、広場に屋根つきの幕府の高札場《こうさつば》がある。これまで片方が海で人家は片側だけだったのがいきなり両側にならびはじめる。それらのなかには、二階で宴席が設けられるほどの茶店もある。

その大木戸の一帯から八丁（およそ九百米《メートル》）ばかり進むと、街道とおなじくらいの幅の枝道が左方向へふた股道のように分かれる場所に出る。

そのまま街道を半里（およそ二粁《キロ》）も進めば、古川《ふるかわ》下流の金杉橋《かなすぎばし》に至り、渡れば増上寺の前面に広がる町場に入る。その金杉橋のたもとに、日本橋《にほんばし》から発する東海道で最初の一里塚があり、江戸の華やかさをあらためて感じるのはこのあたりからである。

ふた股の分かれ道を枝道のほうに歩を取れば、古川の上流に架かる赤羽橋《あかばねばし》を経《へ》て増上寺の裏手に出る。

その分かれ道のあたりにいつも目を向けている忠吾郎の念頭にあるのは、

(あの者、大丈夫か)

と、危なっかしく感じられる者を見極め、声をかけるためだった。なかには往還で不意に達磨顔の男に声をかけられ、怖がってそそくさと立ち去る者もいる。恰幅《かっぷく》がいいうえに、きりりと締《し》めた角帯に武器にもなりそうな鉄製の太い長煙管《ながぎせる》を差しているのでは、それも無理からぬことだった。

その忠吾郎を、

「――相州屋《そうしゅうや》の旦那《だんな》」

と、界隈《かいわい》の者は呼んでいる。

忠吾郎が鉄の長煙管を腰に、いつも立っているふた股のあたりを元札《もとふだ》ノ辻《つじ》といい、江戸草創期のころ、高輪に大木戸が移るまでは、ここに石垣の門構えと高札場があった。その名残《なごり》の地名だが、十一代将軍家斉《いえなり》の文政《ぶんせい》期に入ったいまでは、土地の者は単に札ノ辻と言っている。その札ノ辻に、相州屋は暖簾《のれん》を張っている。番地でいえば田町《たまち》四丁目で、大木戸のあたりが九丁目となる。

相州屋の玄関口は街道に面し、〝人宿〟と墨書《ぼくしょ》され、下に小さく〝相州屋〟と書き込んだ質素な看板が出ている。だが、店構えからして宿屋ではない。玄関の間口はそう広くはなく、腰高障子《こしだかしょうじ》も開け放されておらず、用があれば自分で開けて入らねばならない。

江戸へ生活《たつき》を求めて出て来た者に、奉公先が見つかるまで寝泊まりの場を提供する、奉公先周旋の口入屋《くちいれや》である。そこに寝泊まりする者を寄子《よりこ》といい、その宿を寄子宿といった。

相州屋は店の裏手に、そうした長屋のような寄子宿を二棟ほど持っている。寄子の暮らしは木賃宿のように自炊であり、宿賃は取らない。

なるほど大木戸から札ノ辻あたりまでは、まだ江戸の入口のながれで、往来には荷馬の列や大八車が行き交《か》い、なかにはきょろきょろと歩を進め、急ぎの荷運び人足に怒鳴られたり、土地の者に道を訊く者も少なくない。

人宿は、そのような者が江戸で最初に頼る場である。

羅宇屋の仁左は奇妙なことに、江戸者だがそうした寄子の一人で、しかも他へ移るようすもなく相州屋の寄子宿に住みついている。

文政二年（一八一九）卯月《うづき》（四月）の終わりのころである。

忠吾郎は初夏の日差しを軒端《のきば》に避け、いつものように街道のながれを見つめていたところへ、仕事から戻って来た仁左に声をかけられ〝なにもないのが一番〟と応《こた》えたのだった。

「もちろん、そうでやすねえ」

仁左は返し、寄子宿のある路地に入って行った。

二人の交わした言葉は、街道のいつもの平穏に対してであったが、三日前に起きた増上寺近くでの夜鷹殺しが念頭になかったわけではない。

殺されたのは古川の北側の土手で、増上寺の門前町である。増上寺の門前町は長い寺壁と東海道のあいだに広がっているが、古川のあたりはその一番端《はし》で、繁華な門前町の掃き溜《はきだ》めのようなところだ。造りの悪い木賃宿や長屋が雑多に肩を寄せ合い、夜になって灯《あか》りがあるといえば、安酒を飲ませる飲み屋くらいのものである。

川の水音の聞こえるところが風情《ふぜい》といえようか、増上寺の鐘が日の入りの暮れ

六ツを告げるころから、草地を踏み固めただけの土手道を散策していると、

「ちょいと兄さん、どお？」

と、草むらから声がかかる。丸めた茣蓙《ござ》を小脇に、手拭《てぬぐい》を姉《あね》さんかぶりにした女がヌウッと現われる。夜鷹だ。

殺されたのは、その一人だった。

場所が古川の北側の土手と聞いたとき、忠吾郎は嫌《いや》な予感を覚えたが、

「――あの人からのつなぎが来たら来たで、そのときに考えればよかろう」

と、深くは考えなかった。

羅宇屋の仁左も、

「――ああいった土地《ところ》での刃傷沙汰《にんじょうざた》なんざ、殺された女には気の毒でやすが、大旦那はなにも言って来ねえでやしょう」

と、熟《こな》れた町人言葉で忠吾郎に言ったものだった。

そのとき仁左は、さらりとつけ加えた。

「――ま、背景になにかある場合は別でやしょうが」

「――まあ、そうだろうなあ」

と、忠吾郎もまだ事件を他人事《ひとごと》のようにしかとらえていなかった。もちろん、

仁左もそうである。

仁左が言った〝大旦那〟とは、下総国《しもうさのくに》に七百石を領する大身《たいしん》の旗本・榊原《さかきばら》主計頭忠之《かずえのかみただゆき》のことで、忠吾郎はその実弟で本名を忠次《ただつぐ》といった。

幼少より活動的だった忠吾郎こと忠次が、二十歳《はたち》のときだった。家督《かとく》を継げない冷や飯喰らいの部屋住《へやずみ》で、そのうえ武家としての型にはめられた暮らしを、

「――ご免こうむりてえ」

と、おっとりとしてなにかと包容力のあった兄の忠之にだけ告げ、プイと出奔《しゅっぽん》したのだった。

武家のしがらみは絶ったものの、しかしそれは、衣食住のついた暮らしとの決別でもあった。

「――さて、困ったわい」

と、思ったものの、やってみるとけっこう性《しょう》に合っていた。お屋敷時代に剣術だけは怠《おこた》らなかったものだから、それに頼ったのである。名を榊原忠次からただの忠吾郎に変えた、一宿一飯の渡世人《とせいにん》暮らしである。関東一円から東海道に股旅《またたび》をつづけ、街道筋で忠吾郎の名はけっこう知られるようになり、ときにはある宿場で一家を構えたこともあった。

「――いつまでもやっている稼業でもあるまい」

と、一家を縄張《しま》ごと子分であった代貸《だいがし》に禅譲《ぜんじょう》して江戸に舞い戻ったのは、四十路《よそじ》に入った十年ほど前のことだった。

そこで開いたのが、札ノ辻での人宿だった。もともと曲がったことが嫌いな性分な上に、股旅暮らしのなかで喰いつめた者や寄る辺《べ》のない男や女たちが、すがるように江戸へ向かう姿をさんざん見て来たこともあって、堅気《かたぎ》になるならそうした者たちの助けになろうと思って始めた商《あきな》いである。屋号を相模国《さがみのくに》からとった相州屋としたのは、相模が忠吾郎が一家を張っていた土地であり、榊原家七百石の拝領地がある下総と、江戸をはさんで地理的に反対側に位置するからでもあった。

十年を経た。江戸にながれて来て相州屋に救われた男や女は数知れない。

そこへ二月《ふたつき》前の如月《きさらぎ》（二月）、いきなり兄の忠之がつなぎを取って来たのだった。遣いに立ったのは、忠之の配下の武士だった。

（えっ。兄者は俺の所在は知っておったのか）

と、忠吾郎は苦笑したものだった。所在を知っているということは、稼業も知っていることになる。そのうえで、忠之は忠次こと忠吾郎につなぎを取ったのだ。

ともかく懐《なつ》かしさもあり、忠吾郎は一人で出向いた。忠之も一人だった。

忠之の配下が手配した増上寺に近い、街道に面した小料理屋の部屋である。

三十年ぶりとはいえ、おっとりとしていた忠之も活動的だった忠次こと忠吾郎も、性格は以前のままであり、双方とも肉付きがよくなっただけで、顔立ちに見違えさせる変化はなかった。

「相変わらずじゃのう」

「兄者のほうこそ」

と、兄弟は苦笑のなかにたちまち三十年の空白を埋《う》めた。

だがそれは、七百石の旗本の兄と、渡世人から人宿の亭主になった弟の、単に懐かしいだけの再会にはならなかった。

「――わしはなあ、忠次よ。こたび道中奉行から北町奉行になったぞ」

と、忠之がいったとき、忠吾郎は驚いたものだった。しかも忠之は番町《ばんちょう》の拝領屋敷から役宅になる外濠《そとぼり》呉服橋《ごふくばし》御門内の北町奉行所に、住まいの拠点を移したばかりだという。新米の町奉行である。

渡世人時代はお上に逆らい、江戸に戻ってからは、

「――お上がしっかりしねえから、江戸には俺たちのような稼業が必要になるんだ」

と、忠吾郎は辻ノ札の住人や同業者たちに言っていた。

その忠吾郎の実兄が、江戸庶民にとってはお上の頂点になる町奉行になっていたのだ。

「――いやあ、これは参りましたなあ」

と、あらためて苦笑する忠吾郎に、忠之は声を落として言った。

「――おまえ、闇《やみ》奉行になれ」

忠吾郎は仰天《ぎょうてん》した。

聞けば、道中奉行のときから、

「――この世には、お上では裁けぬ悪がごろごろころがっている」

ことを痛感し、

「――江戸ではなおさらのこと」

忠之は言うのだった。

忠次こと忠吾郎は、

「――いやあ、兄者には敵《かな》いませぬなあ」

と、ふたたび苦笑し、

「――まあ、影走りが必要なときには走らぬこともありませんが、いかに兄者の頼みとはいえ、気の進まぬことには動きませぬぞ」

「――それでよいのだ、それでなあ。おまえが、その仕事はお江戸の掃除になると判断したときにな」

忠吾郎が言ったのへ、忠之はにたりと微笑《ほほえ》んで返した。

(おもしろそうだ)

その微笑をうけ、忠吾郎は思ったのだった。

そこで忠吾郎が、

(――使えそうだ)

と、白羽の矢を立てたのが、羅宇屋の仁左だった。

忠吾郎は鉄の長煙管をいつも身につけているように、ひまがあれば煙草《たばこ》をくゆらせている。そこへいつも街道筋をながしている羅宇屋の仁左を、

「おおう、また頼むぞ」

と、呼びとめ、裏庭の縁側に招じ入れることがよくあったのだ。

煙管の火皿になる雁首《がんくび》と、吸い口をつなぐ竹の管を羅宇《らう》といった。ラオス産の

竹が最も煙管に向いていることからついた名である。

愛煙家の家々をまわって煙管の脂《やに》取りをし、古くなった羅宇竹をすげ替えたりするのが羅宇屋であり、高さ五尺（およそ一・五米《メートル》）ほどのたて長の道具箱を背負っている。箱には抽斗《ひきだし》が三つ四ついていて紙縒《こより》や襤褸布《ぼろぬの》、それに羅宇竹や煙草が入っており、箱の上には孔《あな》の多数開いた板に羅宇竹を挿《さ》し込んでいる。脂取りだけでなく煙管の新調もし煙草も売るから、生業《なりわい》として充分なり立つ。町をながしているときは、羅宇竹や煙管が歩に合わせカシャカシャと音を立てるので、触売《ふれうり》の声を上げなくても町の者には羅宇屋の来たことはすぐわかる。もちろん、

「キセールそーうじ、いたーしやしょう」

と、触売の声も出す。そこで羅宇屋は呼びとめられた家の裏庭に入り、裏の縁側に羅宇竹や雁首をならべ、商家なら旦那や番頭、武家なら主人や用人たちを相手に世間話をしながら仕事をすることになる。

忠吾郎愛用の鉄の長煙管も、いろいろと注文をつけ、仁左がそれを詳しく聞いて鍛冶《かじ》屋に打たせた特注品である。

「――鉄扇《てっせん》なら幾度《いくど》か打ったことはあるが、煙管を打つのは初めてだ」

と、鍛冶屋は驚いていた。長さは脇差《わきざし》の刃渡りほどもあり、太さは役人の十手《じって》くらいで、雁首と吸い口は螺旋《ねじ》状で羅宇に固定され、振りまわしても人を打っても、抜けない造作になっている。

このように大名屋敷でも旗本屋敷でも、商家でも隠居の宅でも、裏庭に入って縁側に腰を据え、その家の者とゆっくり話しながら仕事をするのだから、公儀隠密ではないかとうわさになることがよくある。

なるほど、羅宇屋を御用聞きに抱えておれば、町場にも武家地にも探索の手を伸ばすとき、きわめて有用となる。忠吾郎もそれなりにうわさ集めの手段は持っているが、本格的にお江戸の掃除に乗り出すとすれば、それだけでは不十分だ。

忠吾郎が仁左に目をつけたのは、羅宇屋のそうした性質だけではない。人物そのものに対してである。仁左の目つきは鋭く、それを仁左は故意に和《やわ》らげようとしている。そこを忠吾郎は、以前から見抜いていたのだ。

それだけではなかった。ある日、仁左が相州屋で脂取りを終え、

「――それじゃ旦那さま、今後ともご贔屓《ひいき》に」

と、道具箱を背に腰を上げ、街道に出たとたんだった。

――ガシャ

煙管や羅宇竹のひときわ大きな音が聞こえ、女の悲鳴が重なった。

驚いた忠吾郎はいましがた脂取りをさせた鉄の長煙管を手におもてへ飛び出した。あたりに土ぼこりが舞い、仁左がそのなかに三歳くらいの女の子を抱き、母親らしい女がその近くに座り込んでいた。

事態はすぐにわかった。急ぎの大八車が土ぼこりを舞い上げて走り、そこへふらふらと歩み出た女の子を轢《ひ》きそうになった。疾走《しっそう》している大八車は急には止まれない。仁左が飛び出し、女の子を抱き上げ間一髪《かんいっぱつ》で救ったのだった。

そのまま悠然と立ち去った。

（うっ、この男？）

忠吾郎が思ったのは、このときだった。

興味を持つと同時に、いたずら心も出てきた。

つぎに仁左が来たとき、そのときの話をしながら忠吾郎は鉄の長煙管を打込もうとした。打込めなかった。隙《すき》がないのだ。あらためて忠吾郎は仁左を観察した。筋肉質で、鍛えられた体軀《たいく》だ。

忠吾郎も若いころには剣術に励み、渡世人時代には幾度も白刃《しらは》の下をくぐっている。いまでもなまじっかな武士より腕は立つだろう。だからこそ判るのだ。

（——こやつ、並ではない）

だが、長年渡世人稼業をやってきた習性から、以前を質《ただ》すことはなかった。

仁左は大八車のときのことを言った。

「——いやあ旦那さま。かいかぶられたんじゃ困りまさあ。あのときはもう必死で、あっしもなにが起こったのかよく覚えていねえんでさあ」

それ以来、忠吾郎は仁左にいっそう興味を持ち、贔屓《ひいき》にしているうちに兄の忠之から〃闇奉行〃の話があったのだ。

そのすぐあと、仁左がカシャカシャと来たので、さっそく話したのだった。

「——おめえさん、住まいはどこかね。遠い所なら、相州屋《うちち》の宿の部屋をこの近辺での商いのつなぎの場として使わないかね。なあに、おめえさんのことだ。店賃《たなちん》など取ったりしねえ。ただ、おめえさんが身近にいると、わしも便利なものだからねえ」

「——えっ、それだけの理由で？」

仁左が首をかしげたのへ、忠吾郎はつけ加えた。

「——ただね、店賃の代わりと言っちゃなんだが、ときたま頼まれごとをやってもらいたいのさ」

「――と、言いやすと?」

「――ふふふ。それはおめえさんがここでの暮らしが気に入ったなら、そのときに話そうじゃないか」

「――うーん」

　仁左は考えたが、数呼吸のあとには応えていた。

「――ようがす。お願いしまさあ」

と、つぎの日には寄子宿のひと部屋を煙草や羅宇竹の置き場に使い、ふた晩ほどつづけて泊まり、

「――うひょーっ。ここの生活、気儘《きまま》でおもしれえ。仕事のつなぎ場などといわず、このまま住みついてもよございますかい」

　この男、どこか窮屈《きゅうくつ》なところで暮らしていたのかもしれない。二日目の朝、道具箱をかついで出かけるとき、母屋《おもや》に顔を入れて言ったのだ。

　忠吾郎に異存はない。むしろ喜び、承知した。

　こうして仁左はさっそく、その日から相州屋の寄子になった。寄子宿には常に五人から多いときには十人ほどの寄子がいるが、他人とうまく交わる術《すべ》でも心得ているのか、物置に使った日から仁左はそこに打ち解けていた。

これまでのように単に贔屓の羅宇屋というだけでなく、相州屋の寄子となったからにはと、忠吾郎は訊いてみた。

「――おめえさん、いままでどこに住んでいたね。独《ひと》り者かい。それに、羅宇屋になる前《めえ》はなにをやっていたかね」

「――へえ、三十路《みそじ》の声を聞くようになりやしたが、しがねえその日暮らしに女房の来手などありやせんや。え、以前ですかい。訊かねえでやってくださいまし。他人《ひと》さまに言えるようなもんじゃありやせん」

逆に忠吾郎を値踏みするように見ながら、仁左は応えた。

仁左のみょうなところは、それだけではなかった。

(――これから仕事をしてもらうには)

と、仁左が寄子になってしばらく経てから、

「――実はなあ……」

と、忠吾郎は自分の来《こ》し方《かた》と北町奉行との関わりを話した。むろん奉行所との関わりを、他言無用と前置きしてからである。他人には明かしていないことを話せば、仁左もおのれのことをなにか語るのではないかと判断したのだ。

だが仁左は、

「──さようでしたかい。いえね、あっしも旦那のことを、ただの人宿の亭主じゃねえとみていましたのでさあ」

驚くよりも得心したように返し、頼まれごとというのが、その北町奉行・榊原忠之に関わることについても、

「──いえね、奉行所も手を出せねえ悪が江戸にはごろごろしているのを、あっしも承知していまさあ。それをお奉行が認めなさるたあ、さすが旦那のお兄上でございますねえ。その穴埋め、おもしれえじゃござんせんかい」

と、つづけたものだった。だが自分の来し方については、結局なにも話さなかった。

もっとも、人宿の寄子になるような者は、他人に言えない以前《まえ》があってもおかしくはない。

(ま、それもよかろう。そのうち)

と、忠吾郎は気長に構えることにした。

仁左という右腕になりそうな男が寄子になってから、しばらくは平穏だったが、つい最近起こった夜鷹斬殺のうわさを忠吾郎は気にしはじめた。

〝奉行所も手を出せねえ悪が……〟と言った仁左の言葉が、気になってならないのだ。

(わし自身もそれを、感じているからではないか)

そう思われてくるのだ。

二

「相州屋の旦那さん」

軽やかな下駄の音とともに、語尾を上げた口調で街道を横切って来たのは、向かいの茶店の娘・お沙世《さよ》だった。忠吾郎は我に返ったように、

「ああ、お沙世ちゃん」

「外に立って、なにを深刻そうなお顔をなさっているのですか」

「いや。ちょいと、ほれ、古川の……あれさ」

忠吾郎が言いよどむとお沙世は、

「ああ、あれ。いくら夜鷹だからといって、許せません。あのような場所で、お奉行所はちゃんと探索できるのか、それが心配です」

さきほどのほほ笑みが消え、きりりとした表情になった。目鼻がきちりと整い、なかなかの美形である。

お沙世が向かいの茶店に戻って来たとき、

「――殺風景《さっぷうけい》な人宿の前に、花が咲いたようじゃ」

忠吾郎は言ったものである。

一度、嫁に出たのだが、三年子無きは去れとの俗言に従わされ、戻って来たのだ。まだ二十歳《はたち》を二、三年超したばかりである。

実家は、金杉橋手前の金杉一丁目の街道に暖簾を張る小料理屋・浜久《はまきゅう》で、両親はお沙世が嫁《とつ》いでいるあいだに流行《はや》り病で死去し、浜久は包丁人の兄・久吉《ひさきち》が継ぎ、兄嫁のお甲《こう》が女将《おかみ》として仕切っている。

奇《く》しくも北町奉行の榊原忠之が、忠吾郎こと忠次と三十年ぶりに会うため、忠之の配下が設定したのはこの浜久だった。このときは単に双方が目立たずに足を運び、気軽に会える中間あたりの場所をというのが理由だった。おかげで忠吾郎は、気軽にふらりと出かけられたものだった。

出戻りになってしまったお沙世は、気の強い娘とはいえさすがに実家には帰りづらいらしく、祖父母が道楽で開いている茶店を手伝うことになったのだ。店は相州屋のすぐ向かいだった。それがほんの十日ほど前からのことである。

戻って来た当初は悔《くや》しそうに打ち沈んでいたが、だんだんに本来の笑顔が戻って来た。

「――お沙世ちゃんの笑顔を見ていると、わしも嬉しくなるよ」

忠吾郎が言ったときお沙世は、

「――あたし、沈んでなんかいません」

と、反発するように返したものだった。

それがきょう、逆にお沙世から〝なにを深刻そうなお顔を〟などと言われたのだ。

「聞けばお奉行所から誰も出張《でば》っていないとか。ほんとお奉行さまはなにを考えてるんでしょうねえ」

お沙世は街道に立ったまま強い口調で言った。実家の浜久から殺害現場は近く、そうした話を聞いているのだろう。もちろんお沙世は、お奉行が忠吾郎の実兄だなどと知るはずはない。忠之が〝闇奉行に〟と言ったからには、忠吾郎はこのことを仁左以外には誰にも話していない。忠之も、ほんの数名の側近にしか話していないだろう。

お沙世はさらに言った。忠吾郎が言いよどむ必要などまったくなかったようだ。

「お奉行所が動けないんなら、あたしが囮《おとり》になって乗り込み、出るのを待って引っ捕まえてやりたいくらいです」

「おいおい、物騒《ぶっそう》なことを言うな」

ニッと笑ったお沙世に、忠吾郎はなだめるように言った。笑顔を見せたものの、実際にやりかねないような語調だったのだ。

同時に、別の意味でお沙世の言葉にはドキリとするものがあった。斬殺の現場を聞いたとき、忠吾郎が嫌な予感を覚えたのはそのためだった。

場所が悪い。

夜鷹殺しの現場である。

奉行所の手が入りにくい。

かつて寺社の門前は寺社奉行の管轄だった。ところが寺社奉行には、町奉行所のように常に町を巡回している定町廻《じょうまちまわ》り同心もいなければ、すぐさま多数の捕方が六尺棒を小脇に出張るような機動力もない。

だから自然、そこには参詣客のための茶店や旅籠《はたご》だけでなく、町方の手の及ばないのをいいことに無宿者の木賃宿、飲み屋に岡場所といわれる私娼窟《ししょうくつ》までできた。享楽の街となったそこに、盗賊が逃げ込んでも喧嘩《けんか》や殺しがあっても町方は出張れず、いきおい一帯の治安を守るのは土地の顔役となる。

それではまずいと寺社の門前が町奉行所の支配地に移行したのは、この物語の文政期より七十年以上も前の延享《えんきょう》二年（一七四五）だった。しかし、享楽の街で顔役が治安を握っている構造は変わらず、奉行所の役人が探索で入るには、事前に顔役と交渉しなければコトは進まなかった。

お沙世が〝お奉行所が動けないんなら〟と言ったのはこのことであり、忠吾郎がある種の予感を覚えたのもそこだった。

奉行所では手をつけにくいものだから、

『おまえ、やれ』

と、兄の忠之から言ってくるかもしれないとの思いが、脳裡《のうり》を走ったのだ。

もちろん忠次こと忠吾郎は、街道筋に人宿の暖簾を張る〝親分さん〟である。増上寺門前の顔役たちとは面識があり、話を持って行くこともできる。しかし科《とが》人《にん》を挙げられるかどうかは別問題だ。

だが、いまのところ忠之からのつなぎはない。

「まったくお奉行所は、だらしがないんだから」

お沙世は言いたい放題である。

さいわい夕刻近くで、茶店の縁台に客は座っていない。

この刻限ともなると、街道を行く大八車も荷馬も往来人も、陽のあるうちに仕事を終えようと急ぎ足になり、茶店の縁台でひと休みする者などいなくなるのだ。

「まあ、そう言うな。奉行所もそのうち、なにか手を打つかもしれんて」

「あら、旦那ったら、奉行所の肩を持ったりして。人宿の旦那らしくもない」

話しているところへ、

「おや、茶店のお沙世ちゃん」

「こんなところでお茶売らずに、油売ってるかね」

と、蠟燭《ろうそく》の流れ買いのおクマ婆さんと、付木《つけぎ》売りのおトラ婆さんがそろって帰って来た。二人とも年行きなら五十路《いそじ》を超していようかといったところだが、おクマはいくらか太めで顔立ちも丸く、おトラはいくらか細めで顔は面長《おもなが》である。

おクマ婆さんとおトラ婆さんは、忠吾郎が札ノ辻に人宿の暖簾を掲《かか》げて以来、もう十年も相州屋の寄子をつづけている。

二人とも身寄りがなく、奉公先を求めて相州屋の暖簾をくぐったのだが、年齢的にいい口が見つからなかった。そこで忠吾郎が勧めたのが蠟燭の流れ買いと付木売りだった。忠吾郎が元手を出し、二人はさっそく始め、自分の口は自分で糊《のり》するようになったが、町場で部屋を借りて住むまでには至らない。

「――いつまでもここにいねえ。てめえの口さえてめえで賄《まかな》えりゃあ、店賃などと取ったりしねえぜ」

と、忠吾郎に言われ、それがもう十年近くもつづいているのだ。

相州屋にとっても重宝だった。おクマとおトラは、新たに寄子となった者に、

「――みんな江戸なら、なんとかなるだろうと思って出て来るけど、江戸ってねえ、生き馬の目を抜くようなところなんだから」

と、諭《さと》す役を引き受けていた。新たに寄子となった若い喰いつめ男や女たちには、それをこんこんと言い聞かせる先達《せんだつ》が必要なのだ。

それに、忠吾郎が〝うわさ集めの手段を持っている〟というのは、この婆さんたちのことだった。

奉行所もおいそれと手をつけられない門前町の片隅で起きた、刺されたのか首を絞められたのかもわからない夜鷹殺しを〝斬り殺された〟と、武士の仕業《しわざ》を示唆《しさ》する詳細な手掛りを、その日のうちに忠吾郎へ伝えたのは、おクマとおトラだった。

蠟燭の流れ買いだが、蠟燭はしずくが下に垂れて固まる。それを買い集めるのが流れ買いの仕事である。

櫨《はぜ》や漆《うるし》の実から高度な技術で蠟《ろう》を抽出し、さらに手間をかけて蠟燭にする。油を用いた行灯《あんどん》などにくらべ、三倍から五倍の明るさがあり、贅沢《ぜいたく》といえる品だった。だからしずくといえど大事にされ、それを買い集める仕事も成り立った。もちろん買い集められた蠟は、ふたたび蠟燭の原料として再利用された。

日の出のころ、いずれの武家屋敷、商家、長屋を問わず聞こえてくる音といえば、火打石と火打鎌《がま》を打ち合わせる音である。カチカチと火の粉を飛ばし、それをガマやススキの蒲をほぐした火口《ほくち》に移し、さらに付木に取って炎にし、それを枯れ木に移して炭火を熾《おこ》した。

付木は杉や檜《ひのき》を薄く短冊《たんざく》ほどの大きさに削ったもので、先端に硫黄《いおう》を塗り、火が付きやすく加工されている。それを売り歩くのが付木売りである。

双方に共通していることといえば、どちらも実入りは少ないが、かさばらず目方も軽いといった点である。だから年寄りの仕事とされ、若い男や女がこれを扱うと、

「なんでえ、いい若い者がそんなの扱って」

と、嫌味を言われ、商売にならなかった。行商にも、そうした棲《す》み分けがうまくできているのだ。

もう一つ、共通点がある。どちらも武家屋敷でも大店《おおだな》でも、裏長屋に入るような気軽さで勝手口から台所に入れることだ。

蠟燭の流れ買いのおクマ婆さんも、付木売りのおトラ婆さんも、増上寺の門前町も商い場にしており、殺しのあった古川の土手近くの家々にも出入りしていた。長屋もあれば木賃宿もあり、飲み屋や岡場所や顔役の住処《すみか》もある。

二人の婆さんが伝えた〝斬り殺された〟というのは、正確だった。

それに、年寄り相手だと思うと誰でも気を許しやすいし、おクマもおトラも相手から話を引き出すのがめっぽううまいのだ。

「おう。まだここにいなさったかい、お沙世さんも」

と、奥に寄子宿がある路地から、浴衣に着替えた仁左が手拭を肩に出て来た。

「おや、おクマ婆さんもおトラ婆さんも帰《けえ》りなすったかい。だったら早く行かねえと残り湯になっちまうぜ。さあ、商売道具を部屋に置いてきねえ。いまならまだ熱い湯に浸《つ》かれらあ」

と、視線をおクマとおトラからお沙世に移したのへ、おクマがすかさず、

「おや、仁《じん》さん。お沙世ちゃんまで誘って、肌を見ようって魂胆だろう」

「あたしらも一緒に行って、そうはさせないからねえ」

おトラがあとをつないでからかった。

そうしたやりとりを、忠吾郎はにやにや笑いながら見ている。

「なに言ってやがんでえ」

慌てて仁左が返したのへお沙世が、

「あたし、さっき行って来ましたから」

「ほらみねえ」

仁左はまた返し、

「じゃあ、旦那」

と、手拭を小粋《こいき》にもう一方の肩へかけなおし、その場を離れた。

街道のながれに入ったその背を見送りながらおクマが、

「いい男が入ってくれたねえ」

「そうそう、力仕事はやってくれるし」

おトラがつなぎ、お沙世も仁左の背を見つめていた。

三

翌朝、おクマとおトラが寄子宿の路地から出て来ると、忠吾郎がもう軒端に陣取っていた。

朝から忠吾郎が街道に出ているのは珍しい。

「おうおう、毎日精が出るねえ。で、きょうはどの町へ」

「はいな。あたしゃ恐いから嫌だと言ったんだけど、おトラさんがおもしろいからまた行ってみようなんて言うもんだから」

「なに言ってんのさ。おクマさんだって、あのあとあの近辺、どうなってるだろうねえなんて、興味ありそうにしてたじゃないか」

「あはは。行って来ねえ、行って来ねえ。いくら古川の土手でも、昼間っから辻斬りなんざ出やしねえから」

と、交わしているところへ、

「旦那。あっしもあのあたりを、ちょいとのぞいて来まさあ」

仁左も背の道具箱に音を立てて出て来た。

「うむ」

と、このとき忠吾郎は険《けわ》しい表情になった。朝からおもてに出ていたのは、江戸に入る流れ者を見るのではなく、うわさ集めの必要から、おクマとおトラ、それに仁左のきょうの行き先を確かめるためだったのだ。

すでに一日の始まっている街道のながれに入り、金杉橋のほうへ向かう三人の背を見送った忠吾郎は、

（夕刻近く、三人が帰って来れば、増上寺門前のその後のようすが分かるだろう）

思いながら暖簾の中に戻り、番頭の正之助《まさのすけ》ときょうの仕事の段取りに入った。忠吾郎が堅気になる時に江戸で雇い入れた男だが、五十がらみの実直な人物で、口入屋や旅籠の仕事を心得ており、忠吾郎にとっては重宝な通いの番頭だった。

人宿相州屋の業務は、ほとんどこの正之助が仕切っている。

まだ午《ひる》には間のあるころだった。正之助は小僧を連れて寄子の奉公先の交渉に

出払っており、忠吾郎が帳場に座っていた。お沙世の声が聞こえ、それに商いに出ているはずのおクマとおトラの声も……。

（はて？）

と、忠吾郎は腰を上げ、暖簾から外を見て驚いた。おクマとおトラがなにやら取り乱したようすでこちらに向かって来るではないか。往還にまで並べている茶店の縁台に出ていたお沙世が、街道をよたよたと駈《か》け戻って来るおクマとおトラを見つけ、

「まあ、どうしたんですか！」

驚いてすぐさま柄杓《ひしゃく》に水を汲《く》み、待ち受けた。

縁台に崩《くず》れ込んだおクマとおトラは、柄杓の水をこぼしながら飲み、

「また、また、辻斬り。このまえとおんなじ、古川の土手！」

「きのうの、きのうの夜だって。旦那さま、旦那さまに！」

二人は交互に息もたえだえになっている。

ただならぬ二人のようすに、早くも向かいの茶店の前には人だかりができ始めている。

うわさはさりげなく、秘《ひそ》かに集めなければならない。

暖簾から飛び出した忠吾郎は人の集まりかけたことに、

（まずい）

判断するなり、

「お沙世ちゃん、手伝ってくれ」

と、二人でおクマとおトラを抱きかかえるように相州屋の中へいざなった。

おクマとおトラはそこでも倒れるように帳場の板の間に這《は》い上がり、お沙世に
背中をさすられながら、

「ころ、殺されていたの、殺されていたの……」

「お稲《いね》、お稲ちゃんだったんだよう」

「なんだって!?」

これには忠吾郎も仰天し、お沙世も、

「えぇえ！　お稲ちゃんて、あのお稲ちゃん！　まさか」

驚きというより、半信半疑の声を上げた。

「間違いないのか。ほんとうにお稲なのか！」

忠吾郎が質《ただ》したのへおクマもおトラも、

「間違いなかった、お稲ちゃんに」

「そう。幾度も、幾度も、顔を見たんだから」

口をそろえ、顔面蒼白《そうはく》になっていた。

おクマとおトラの話なら確度は高い。実際にホトケを確かめたのだろう。信じざるを得ない。お沙世も言葉を失っている。

最初の殺しのときには、直接死体を見た住人からようすを詳しく聞き、二人目となるけさは、一帯を仕切る顔役の住処に死体が引き取られていたところに通りすがって、

「――おう、婆さん。おめえら顔が広いから、見覚えはねえかい」

と、莚《むしろ》をめくってホトケの顔を見せられたのだった。

そこでおクマとおトラは飛び上がり、札ノ辻にゼイゼイと荒い息をつぎながら駈け戻ったという次第だったのだ。

二人の口から死体はお稲だったと聞かされ仰天した忠吾郎は、問い詰めるような口調になった。

「なぜだ！　なぜなんだ？」

「そんなこと、知りませんよう。ゼイゼイ、ただ、驚いて、ハアハア」

「ともかく、ハアハア。旦那さまに知らせなきゃあと、ゼイゼイ」

おクマもおトラも、息遣いがまだ正常に戻っていない。

「さあさあ、こんどはぬるめのお湯ですよ」

お沙世が素早く相州屋の台所に入り、すぐに出て来た。気が利《き》く娘である。

「ああ、おいしい」

「生き返ったみたいだよう」

こんどはこぼさずに飲み、ようやく二人の荒い息は収まったようだ。

忠吾郎は視線を空《くう》に泳がせ、

「そうか、そうだったのか。あのお稲がなあ」

「旦那……」

お沙世は忠吾郎の顔を見つめ、つぎの言葉が出なかった。

三年ほど前になろうか、お稲は相州屋の寄子宿から、さる武家屋敷に女中奉公に上がった娘である。

一月《ひとつき》ほど相州屋の寄子宿にいたろうか。奉公先が決まったのはちょうどお沙世が嫁《とつ》ぐすこし前で、金杉町の実家から祖父母の出す札ノ辻の茶店によく手伝いに来ていたので、お稲とは面識があった。

顔は煤《すす》に汚れ、髷《まげ》もほとんどかたちを残さず、着物もほころび、いかにも野宿をしながら江戸に入ったといったようすで相州屋の前を通りかかったのを、茶店に出ていたお沙世が声をかけ、忠吾郎に知らせてひとまず相州屋の寄子宿に、すり切れた草鞋《わらじ》を脱がせたのだった。それがお稲だった。

その日、お腹一杯にご飯を食べ、風呂に入るのも二月《ふたつき》ぶりだとお稲は言っていた。

さっぱりしたお稲を見て忠吾郎は驚いた。若く、なかなかの美形で、歳も十七でお沙世とあまり違わなかった。品川を過ぎ、札ノ辻にさしかかるまで、女衒《ぜげん》や下心のある男どもに声をかけられなかったのは、汚ない身なりと汗臭さのゆえだったろう。

相州の産だというお稲に忠吾郎は親身になり、番頭の正之助と手分けして口入れしたのが、武家屋敷の女中奉公だった。決まるまで向かいの茶店を手伝っており沙世とも親しくなり、武家奉公が決まったとき、お沙世は嫁に行く自分の身と合わせ、一緒によろこんだものだった。

増上寺のすぐ北側で、愛宕権現《あたごごんげん》で知られる愛宕山の周辺はほとんど武家地になっており、その愛宕山と江戸城外濠《そとぼり》の溜池《ためいけ》とのほぼ中ほどに、奉公に上がった武家屋敷はあった。八百石の旗本で、あるじは堀川右京《ほりかわうきょう》といった。八百石といえば、忠吾郎の実家の榊原家が七百石だから、大層なご大身で屋敷では殿さまと称《よ》ばれている。

そうした屋敷へ女中を入れるなど、相州屋の実力というものだが、お稲にしても望外の奉公先であり、飯炊き女をしていても大身の旗本屋敷に奉公していたとなれば、嫁入り先も喰いつめて江戸に出て来た女には望むべくもない良縁にたどりつくことができるであろう。

番頭の正之助に連れられ、助けられた時とは見違えるようにこざっぱりした姿で、風呂敷包みを小脇に嬉々《きき》として相州屋の寄子宿を出るお稲を、忠吾郎は街道まで出て見送り、お沙世も茶店から出て来て、

「――お屋敷では女中頭《がしら》さまの言うことをよく聞き、粗相《そそう》のないようにね」

「――あい。旦那さまやお沙世さんには、何とお礼を言っていいやら……」

声をかけたのへお稲は返し、ふかぶかと頭を下げたものだった。

それから三年、お沙世は出戻り、お稲は何者かに斬殺されたのである。しかも最下層の夜の女、夜鷹となっていたのだ。

（いったい、どうして）

誰もが思うところである。

忠吾郎は番頭の正之助を呼んだ。

当然、正之助も仰天し、なかば震《ふる》え声で、

「ようすを見に行ったのは、お稲を堀川屋敷に送り届けてから半年後くらいでした。裏の勝手口から中に入れてもらい、母屋からお稲が走り出て来ました。矢羽《やばね》模様の腰元衣装で、寄子宿《よりこやど》にいたころにくらべ、それはもう艶《あで》やかに見えました。もちろん元気そのもので、手の荒れているのが気になりましたが、それはもう水仕事で仕方ありません。それこそ、しっかり奉公している手証でございましょう。それがなにゆえ、夜鷹……!?」

そこまで言い、絶句した。

「ふむ、艶やか……か。あの娘ならなあ」

忠吾郎はうなずくと、

「よし、わしが直接行ってみよう。そのまえに……」

腰を上げた。

四

（武家屋敷……か。こみ入った事情があるなら、兄者からなにか言ってくるかもしれんなあ）

思いながら忠吾郎は、街道を増上寺門前町に向け歩を取っている。

しかし、殺されたのがお稲であれば、そんなものは待っておられない。独自に探索し、場合によっては、

（わしが直接……）

脳裡にめぐっている。

門前町などで、奉行所の手の入りにくい街を仕切っている顔役を、店頭《たながしら》といった。

料亭から一杯飲み屋まで飲食の店や旅籠、岡場所などから見ケ〆料《みかじめりょう》を取る代わり、治安を一手に引き受けている親分衆である。

ただの腕っ節だけでは務まらない。客が刃物を持って喧嘩などすればその中に飛びこみ、大事な客が岡場所で妓《おんな》を殺せば裏で始末をつけ、死体もおもてに出

さず何事もなかったようにする。それができないときは、子分の誰かを科人《とがにん》に仕立てて長い草鞋を履かせ、あくまで店と客を護《まも》る。それが店頭なのだ。

増上寺門前町は広大で、店頭は一人や二人ではない。五、六人はいて互いに鎬《しのぎ》を削り、あるときは支え合い、あるときは潰《つぶ》し合いを演じたりもする。

格が高く羽振りもいいのが、増上寺大門《だいもん》に近い片門前《かたもんぜん》の店頭で、すこし離れた中門前《なかもんぜん》なら格が落ちる。おなじ門前町でも、どこを縄張として仕切っているかによって、実入りも違えば子分たちの数も自然と差が出てくるのだ。

最も端《はし》っこになる古川に近いあたりを縄張にする店頭は、実入りも少なく有力な店頭が食指を動かすこともなく、少ない子分を抱《かか》えほそぼそと看板を張っている状態である。

忠吾郎はそれらのいずれも見知っている。夜鷹殺しのあったのは、中門前三丁目の古川の土手で、裏仲《うらなか》の弥之市《やのいち》といわれている店頭の縄張内《しまうち》だった。裏仲というのは、中門前もまたその裏側という意味だが、当人はそれを、

「そのとおりだぜ。仕方あるめえよ」

と、笑って受け入れ、縄張内の評判も、

「――面倒見がよく、阿漕《あこぎ》なこともしなさらねえ」

と、きわめてよかった。

忠吾郎も街道の雑踏《ざっとう》のなかに、

(裏仲の弥之市なら、みょうな隠し方などせず、話もしやすかろう)

思いながら歩を進めている。

話のわかる相手なら、それだけ合力《ごうりき》もしやすくなるというものだ。

お沙世の実家である小料理屋・浜久の前あたりから、古川の水音が聞こえる。

そこを過ぎるとすぐに金杉橋であり、渡れば街道両脇の町名は浜松町《はままつちょう》となる。

もう増上寺の門前である。

橋を渡って土手道に折れ、浜松町の町場を過ぎれば中門前である。

そこに忠吾郎は足を踏み入れた。奉行所の手が入るのは沿道の浜松町までであり、過ぎればもう店頭たちの縄張ということになる。

土手をすこし行ったところに、人だかりができている。

(ほう、あそこが現場か)

と、すぐにわかった。人だかりが強張《こわば》ったようすなのだ。

あと数歩も進めば川の流れといった、川原の草むらである。

聞こえないが、

「ここでかい、きのうの夜中に。おっそろしい」

「もうこのあたり、日暮れてからは歩けねえなあ」

言っているのが、雰囲気からわかる。

「おっ」

それら人囲いの男女の中から、道具箱を背負った仁左が出て来た。行商の途中でちょいと野次馬に加わったといった風情だ。

「これは旦那。やはり来なすったかい。さっきおクマさんとおトラさんから聞いて、びっくりしやしたぜ」

と、ホトケがかつて相州屋の寄子宿にいた娘であることを聞いたようだ。

仁左は行商先で、相州屋にとぐろを巻いていることは伏せている。訊《き》かれれば、

「——へえ、田町のほうから来ておりやす」

田町で訊かれれば、

「——札ノ辻のあたりでございやす」

と、応えている。

それはおクマもおトラもおなじだった。

だから、それら行商人の集めたうわさ話が、すべて札ノ辻の相州屋に集まっているといると思う者はいない。

「ほう、おめえも来ていたか。ふむ、おクマとおトラから聞いたのだな」
「へえ、聞きやした。あっしは寄子宿には新参者で、かつて寄子だったお稲と聞いても誰だかわかりやせんがね」

と、二人は草むらでさりげなく立ち話になった。
「ここの店頭の住処《すみか》へ商いに行ってみようと思ったのですが、それどころじゃねえようすでございやして……」

話は仁左から忠吾郎への報告のようなかたちになった。〝闇奉行〟の話以来、仁左はみずからそう心がけているようだ。それが忠吾郎にとっては、急ぎの大八車に轢かれそうになった女の子をとっさに救い上げた身のこなしに加え、頼もしくもあり、また興味を引くものになっている。

弥之市一家の住処に入って死体まで見たおクマとおトラよりも、このときの情報集めは後手《ごて》にまわっているようだが、
「近辺で聞きやしたが、こたびもやはり一太刀だったようで。殺《や》ったのは前とおなじ野郎かもしれやせんぜ。夜鷹にも煙草をやる人がけっこういやして、見た者

はいねえか、もうすこし近辺をあたってみまさあ」

「ふむ、頼むぞ。わしはこれから裏仲の弥之どんを訪ねるつもりだ。店に帰《けえ》ってからまた話そう」

「へえ」

と、まるで同心と岡っ引のような会話を交わし、二人はふたたびさりげなくその場を離れようとしたが、仁左がふり返り、

「あ、旦那。大旦那からなにか言って来やしたので?」

忠吾郎が相州屋の旦那だから、その兄者で北町奉行の榊原忠之をおもしろがって〝大旦那〟などと呼んでいるのだが、忠吾郎もその呼び方をおもしろがっていた。

「いや。おクマとおトラの話を聞き、それで矢も楯《たて》もたまらずになあ」

「あははは、旦那らしいや」

「こきやがれ」

と、あらためて二人は右左に別れた。

土手からは人がなかなか去らない。帰った者がおれば、また新たに見に来る者がいる。だが、現場には血の跡などいっさい残っていない。

こうした土地《ところ》では、縄張内《しまうち》で流血の騒ぎがあれば、すぐさま店頭の手の者が出てすべてを洗い流し、騒ぎの痕跡《こんせき》を残さないのが作法となっている。かりに奉行所から同心が岡っ引や捕方を引き連れ駈けつけたとしても、どんな事件も痕跡はまったくなくなっている。奉行所の役人が聞き込みを入れるなど、さらに不可能である。

店頭たちのそうした迅速性も、奉行所の手を寺社の門前に入れない要因の一つになっている。

「おう、これは札ノ辻の相州屋さん。よう来なすった。さっそくうわさを聞きやしたかい」

と、裏仲の一家では忙しいにもかかわらず、弥之市が鄭重に迎えた。弥之市は札ノ辻の忠吾郎が人宿を開業するまえは、東海道で名の知れた股旅者で、相模のあたりで一家を張っていたという前身を知っているのだ。もちろん、北町奉行の舎弟であることは知らない。

「まったく、よりによって俺の縄張内で二度も夜鷹殺しなど。まえのを無縁仏で葬《ほうむ》ると、そのあとすぐまたこれだ」

と、弥之市は忠吾郎にも死体を見せた。四十がらみでやくざな店頭とは思えないような、柔和な丸顔の男だ。だがやはり、一瞬見せる目つきには鋭いものがある。

「うっ」

忠吾郎は思わずうめき、合掌した。顔は穏やかに見えたものの、夜鷹暮らしの苦労がうかがえた。死因は不意打ちによる一太刀で、ほかに傷はない。しかも、かなりの手練だ。それらが忠吾郎にはひと目でわかる。

「やはり、相州屋さんもそう見なすったかい」

と、弥之市は忠吾郎のようすを見て得心したように言い、

「蠟燭の流れ買いだったか付木売りか、婆さんがそろって来ていて、こいつを見せると飛び上がって驚いて走って行ったが、このホトケ、なんでも相州屋さんの寄子宿にいた女らしいじゃねえか。あの婆さんたちから聞いて駈けつけなすったかい。相州屋さんらしいぜ」

「いや。相州屋《うち》の番頭があの婆さんたちを知っていて、それでわしの耳にも入ったのさ。あとでみょうなうわさが立っちゃいけねえと思い、婆さんたちに口止めをして、それで駈けつけたのさ」

忠吾郎はうまく切り抜け、

「間違《まちげ》えねえ。相州屋《そうしゅうや》をとおして奉公に出た娘だ。それも、武家屋敷になあ」

「なんだって！」

弥之市は〝武家屋敷〟という言葉に一瞬険しい目つきを見せ、

「ここじゃなんだ。奥へ入《へえ》ってくんねえ」

と、忠吾郎を奥の座敷にいざなった。おクマとおトラは、お稲が武家奉公だったことまでは裏仲の一家の者に話していなかったようだ。

店頭の弥之市は、二度もたてつづけに縄張内で夜鷹殺しがあったのを、

（近くの同業が中門前三丁目を混乱におとしいれ、縄張を乗っ取ろうとしてやがるのか）

と、勘ぐっていた。

同時に、二人とも一太刀で絶命したようすであることから、

（殺《や》りやがったのは武士で、しかもおなじ野郎）

との感触も得ていた。

だが、両者に関連性はなく、結びつかない。

脳裡が混乱しているところへ、人宿の忠吾郎の訪問を受けたのだ。

話は進んだ。

「こいつはひとつ、真相を解明せずにはおかれねえ」

「そのとおりだぜ」

人宿の忠吾郎と店頭の弥之市はおなじ思いを舌頭《ぜっとう》に乗せ、手を握り合った。

さらに二人の言葉はつづいた。

「この件、お上に任しておけねえ」

「そうともよ」

五

仁左が相州屋に帰って来たのは、夕刻近くだった。

街道では、きょう一日の仕事を陽のあるうちに終えようと、大八車も荷馬も往来人も急ぎ足になっている。街道が一日のうちで最もあわただしくなる時間帯であり、逆に向かいの茶店は仕舞いにかかっている。

気になるのか、仁左が帰って来たのを見ると、

「新しいこと、なにかわかりましたか」

と、お沙世も相州屋の暖簾をくぐった。

忠吾郎、仁左、お沙世の三人が奥の部屋にそろい、その場におクマとおトラも呼ばれた。ちょうど湯屋から帰ってきたところだった。

「もう、ホント、あたしゃまだ恐いよう」

「そう、湯屋でもいっぱい訊かれたけど、お稲ちゃんの名、言わなかったから」

「旦那に口止めされなくても言えるもんかね。もう可哀相《かわいそう》で、可哀相で」

「三年前の、あのお稲ちゃんがさあ」

と、おクマとおトラは、外では言えなかったお稲の名をここでは連発する。

そこへ忠吾郎にうながされ、

「へい」

と、物見《ものみ》が報告するように、

「可哀相ついでに、おクマさんもおトラさんも聞きねえ。詳しく知りたいだろう」

と、仁左は語りはじめた。

「お沙世さんの前《めえ》でやすが、旦那と別れてから、お稲さんが斬られたときにすぐ近くで客を取っていたという夜鷹を找《さが》し出し、直接会いやした」

「まっ」

「いえ、聞き込みのためでさあ」

仁左は言い訳のように言ったが、お沙世が声を上げたのは、

「そんな大事な手証になる人を、よく找し出しましたねえ」

と、非難などではなく感嘆の意味だった。

「ふむ、それで」

と、達磨顔の忠吾郎もそのような顔つきになり、太い眉毛《まゆげ》をびくりと動かした。

「悲鳴はほんの瞬間だったようで、その、なにぶん、客を取っていたときなもんで、とっさには見に行けず……」

それでもお沙世を意識してか、いくらか話しにくそうだ。

おクマとおトラは恐いもの見たさに、黙って仁左を見つめている。

仁左はつづけた。

「それで、科人《とがにん》の姿は見ていない、と。そのあとすぐ弥之市一家の住処に駈け込んだとのことでやした」

やはり、不意打ちの一太刀であろう。忠吾郎の見た死体の刀傷と一致する。

「一太刀なんざ、相当な手練じゃねえとできねえ芸当でやしょう」

「おそらく」

言ったのは仁左で、忠吾郎も同感を示した。

「いったい、誰が！」

お沙世は憤《いきどお》りをあらわにしている。

仁左の言葉はつづいた。

「気になるのは、顔を確かめたり名を訊いたりすることもなく、夜鷹に声をかけられるなり一瞬に斬り殺したのじゃねえかと思われる点でさあ」

「なるほど。提灯の灯りだけが頼りのあの時分に、相手を確かめようとすれば訝《いぶか》られる。だが、悲鳴は瞬時の一回だけ。つまり誰でもよかった……と」

「たぶん、そのように……。それから、門前町一帯をまわったのでやすが、ほかの店頭たちは裏仲の弥之市が最初の死体を早々に無縁仏にして、役人につけ込む隙を与えなかったのは評価しているようでやした。その一方、なぜなかったことにできなかったのかとの批判もあるように感じやした」

「えっ、人殺しをなかったことにですって！」

「いやいや、お沙世ちゃん。それがああいった街の店頭たちの作法なんだ」

またお沙世が口を入れたのへ、忠吾郎が諭《さと》すように応《こた》えた。お沙世は納得できない顔つきだった。

おクマとおトラは、そんなことは先刻承知といった顔つきで、黙したまま三人のやりとりに聞き入っている。

仁左はさらにつづけた。

「ほかの店頭が裏仲の縄張を揺さぶろうとしてやったことなのか、それとも行きずりの野郎か、いまのところまだ判りやせんが……。旦那、お稲さんは相州屋からいってえどこへ口入れを」

「それよ」

忠吾郎は語り、このとき初めて仁左は、殺されたお稲の奉公先が堀川右京という旗本屋敷だったことを知った。

同時に、旗本屋敷の腰元が夜鷹になっていたことには驚いたものである。

一応の情況を語り終えた忠吾郎は、

「そこでだ」

と、おクマとおトラに達磨顔を向けた。

「行ってくれねえか。聞き込みなんてそんな大げさなものじゃねえ。屋敷に変わった雰囲気はねえか、それをさりげなく見るだけだ」

元腰元が夜鷹をしているなど、荒っぽい武家なら世間体を憚《はばか》って葬り去ることもあり得る……と、とっさに思ったのだ。

「えっ、愛宕山の向こうの武家地？　そりゃあ、ちょいと遠くて、たまにしか行かないけど」

「でも、嫌だよう、恐いよ。お稲ちゃんのためだといっても……」

おクマとおトラは躊躇《ちゅうちょ》した。無理もない。二人は斬殺体を見ているのだ。その足跡をたどるなど、やはり恐ろしいのだろう。

「さ、さっきもおトラさんと話してたのだけど、あしたは増上寺さんとは逆の方向に行こう、と」

「そう。三田《みた》の寺町あたりへ。あそこなら、ここからすぐだから」

「ふーむ」

忠吾郎は考えこんだ。おクマとおトラのうわさ集めを頼りにはしているが、だから逆に無理強《むりじ》いはしない。

「それじゃ、あたしが付木売りか蠟燭の流れ買いになって、あした堀川屋敷に行ってみましょうか」

「よしねえ。お沙世さんみてえな若《わけ》え女《ひと》がそんな商いの形《なり》をしたんじゃ、向こうで嫌味を言われるだけでさあ」

お沙世が言ったのへ、仁左が諫《いさ》めるように返し、

「あっしが行きやしょう。八百石ですかい。ご大層な身分ですが、なあに、勝手口から入《へえ》りやあ、百石も八百石も変わりありやせん。人数がそろっている分、それだけ煙草をやりなさる人も多かろうから」

「よし、わしもあした堀川屋敷へ、口入れした奉公人のその後を確かめにという名目で行ってみよう」

と、忠吾郎は膝を打ち、あとはその段取りに入った。

話が終わり、

「おクマさんもおトラさんも、しばらくは厄落《やくお》としのつもりで三田の寺町のほうをまわって来ねえ。お沙世ちゃんも、その気持ちはありがてえぜ」

と、締めくくって皆を帰し、部屋に忠吾郎が一人となってからだった。

「うーむ」

うなった。仁左のことだ。

一介の羅宇屋が、悲鳴がほんの瞬間だったと聞いただけで、

（あそこまで詳しく、想像できるものなのか）

仁左の見立ては、忠吾郎も得心のいくものだったのだ。

(仁左こそ、手練の者ではないのか)

思われてくる。

(それに、探索にいやに積極的になっているが、なぜなんだ)

と、そのほうにも興味が湧いてきた。

おなじころだった。

「愚《おろ》か者!」

堀川屋敷の奥の一室で、堀川家用人の怒声《どせい》が響いていた。

浴びせられているのは、屋敷きっての使い手である若党《わかとう》だった。名は梶山惣助《かじやまそうすけ》といった。

八百石ともなれば二本差の若党を十人ばかり、さらにおなじくらいの数の足軽《あしがる》や中間《ちゅうげん》を召し抱えている。これら男の奉公人を束《たば》ねるのが用人であり、いわば主人の分身である。腰元衆も十人前後はおり、差配を女中頭《がしら》といい、奥方の分身だった。

若党は侍であっても直参《じきさん》にはなれず、いかに学問を積み武芸に励んでも前途はなく、一生旗本に仕える陪臣《ばいしん》のままである。

「――俺はきっと、若党の身分から這《は》い出てやる」

梶山惣助は周囲に洩らしていた。実際、武芸に励み、その点はあるじの右京も用人も一目置いていた。

その惣助が、用人の大河原定兵衛《おおかわらさだべえ》に罵倒されている。

「まさか、さようなことが。昼間ならともかく、提灯の灯りだけでは暗くて、ただ暗くて顔など見えず……」

惣助は懸命に弁明しようとしている。

大河原定兵衛は他の若党や足軽、中間を増上寺門前町へ物見《ものみ》に出していた。物見というより、うわさ集めである。

「お稲さん、可哀相だよう。よほどお武家に縁があるんだねえ」

「そうそう、以前は武家奉公していたって。それが侍《さむらい》に斬られるなんて、なんの因果かねえ」

妓《おんな》たちの言っているのを、夕刻近くには聞き込んだようだ。弥之市一家の若い衆が洩らしたのと、お稲とつき合いのあった夜鷹の話が合わさってながれていたようだ。武家屋敷の奉公人がそれをつかむなど、なかなかのものだ。相当、金も使ったことだろう。

大河原定兵衛の罵声が、圧《お》し殺すような声に変わった。

「わしもお稲が夜鷹などに落ちていたなど知らなんだが、名前が稲で武家奉公というのなら、あのお稲に間違いないだろう。よりによってそのお稲を斬るとは……。このたわけ者が！」

「ですから、もう幾度《いくど》も申し上げましたごとく、暗くて、顔まで見えなかったのでございます」

「それにしても、まったく気づかなんだのか」

「はっ。誰でもよい、夜鷹を二、三人、辻斬りに見せかけて殺せとの仰《おお》せでございましたゆえ」

「そりゃあそうじゃが、その武家奉公が当屋敷であったことまでは伝わっておらぬであろうなあ」

「その儀は……」

「もし奉行所の耳に入れば、当屋敷までたどり着くかもしれぬぞ」

「それなれば、案ずるには及びませせぬ」

「なぜじゃ」

「はっ。あそこは寺社門前であり、おいそれと町方が手をつけられる土地《ところ》ではありませぬ。それゆえ私は、あの地を選んだのでございます」

「うーむむむ」

言っているところへ、衣擦《きぬず》れの音が聞こえた。

襖《ふすま》を開け、

「定兵衛どの」

と、部屋に入って来たのは、女中頭の由貴路《ゆきじ》だった。屋敷では大河原定兵衛より古参で歳も経《ふ》っており、堀川家にあってはこの上なく忠義の者である。

女中頭は強い口調だった。

「梶山どのが討ったのは、どうやらあのお稲だったらしいことは、あたくしも聞きました。なれど、内輪もめしているときではありませぬぞ。二人ではまだ足りませぬ。もう一人、早《はよ》う殺《や》りなされ。下賤《げせん》のいかがわしい女を葬るのは、世のためにもなります。それによって、堀川家は救われるのです。ひいてはそれが上様の御為《おんため》にもなるのですぞ」

「言われなくても、わかっておる。わしとて殿の御為を思い、必死なのじゃ。これ、梶山。もう二度とさような失策《しくじり》をするでないぞ」

「大河原どの」

と、反発するように言ったのは女中頭だった。

「お稲があのような下賤の身に落ちていたのには、正直あたくしも驚きました。なればこそ梶山どのの所業は、気づかなかったこととはいえ、一石二鳥ではありませぬか。きっぱりと関わりを絶ち切ったのですから。ともかく、つぎを急いでくだされ。あたくしは生身《なまみ》の人間をひとり預かっているのですから、あと数日が限界です」

「わかっておるわい。それにしても奥方やそなたの考えることは……」

「なんですと」

「いや、なんでもない。それでは梶山、きょうあすにでも」

「はっ」

梶山惣助は無表情で返した。

部屋の中は、腰元たちが手燭《てしょく》を手に、あるじや奥方の居間の行灯に火を入れる時分となり、札ノ辻の茶店ではお沙世がとっくに雨戸を閉じているころである。

増上寺の広い門前町では、大門の大通りはちょうど往来人が参詣客から享楽の遊び客へと変わるころあいである。

一番端になる古川の土手では、そろそろ夜鷹が茣蓙《ござ》を小脇に、今宵《こよい》の陣取りに出て来る時分である。それを見に、鼻の下を伸ばした嫖客《ひょうかく》が一人、二人とうろつき始めるのもこのころである。

だが、今宵は二度つづいた夜鷹殺しに、そうした影は一人も見られない。ときおり見られるのは、脇差を腰に二人一組で巡回する弥之市一家の若い衆の姿だった。その姿は、かなり硬くなっている。やはり、怖いのだ。

「な、なあ、兄弟《きょうでえ》。この分じゃ、あしたの朝まで、一人も土手を通る者はいねえかもしれねえなあ」

「あ、ああ。夜鷹が出なきゃ、辻斬りのお兄イさんも張り合いあるめえよ」

強がりを言っているが、声が上ずっている。

実際、夜更けてからも、古川の土手には夏の夜というのに、人の気配はなかった。ときおり揺らぐのは、弥之市一家の提灯のみだった。

六

翌朝、蠟燭の流れ買いのおクマと付木売りのおトラは、向かいの茶店で縁台を外に出していたお沙世と、

「お沙世ちゃん、精が出るねえ」

「行って来るね。しばらく増上寺のある北方向は恐くてさあ」

「そうそう、きょうは南方向ですね、きのう言っていた寺町」

言葉を交わし、街道を南方向に向かった。田町四丁目にあたる札ノ辻から街道を南に向かい、田町五丁目か六丁目で海辺とは逆の西方向への坂道を上れば、寺の土壁に山門ばかりがならぶ静かな一角に出る。土地《ところ》の者は〝三田の寺町〟と呼び、昼間でも人通りは少なく、不気味さを感じる細道もある。

寺は灯明《とうみよう》などで蠟燭の消費は多く、その分、付木もよく使うため、おクマとおトラには落ち着いて効率よく仕事のできる土地となっている。それに坂道はつらいが、なによりも札ノ辻から近い。坂道を上れば江戸湾の海が見え、ホッとひと息つけるところも少なくない。

「あたしらがきょうお寺まわりをすれば、すこしはお稲ちゃんの供養《くよう》になるかねえ」

「そうなるよう、冥福《めいふく》を祈りながらまわろうよ」

二人が言いながら街道のながれから西手の坂道に入ったころ、背の道具箱に音を立てながら仁左が寄子宿の路地から出て来た。

さきほど相州屋の裏庭で忠吾郎と、

「ようすを見て、午《ひる》には一度帰《けえ》って来まさあ」

「そうしてくれ。そのあとわしも、な」

と、話していた。

街道に出ると、お沙世もおもてに出て、人通りのあい間を縫《ぬ》うように水を撒《ま》いていた。その手をとめ、

「あら、仁左さん。これからですね、愛宕山の向こう」

「ああ、きのうはお沙世さん、自分が行くなんて言うもんだから驚いたよ」

「代わりに行ってくださるのですね、嬉しいです。お稲ちゃんがどうしてあんなことに……、そこが気になって仕方がないのです。なにか手掛かりになるようなことが判れば、あたしにも教えてくださいねえ」

「もちろん、そうするよ」

仁左は応え、ふたたび街道に道具箱の音を立てた。

夜鷹を辻斬りするなど、お沙世でなくとも、

（許せぬ）

その思いは強い。

しかも、お沙世たちのようにお稲を直接知らなくても、いま自分が身を置いている相州屋の寄子宿に、一月《ひとつき》とはいえ住んでいた女なのだ。

お沙世の実家である浜久の前を過ぎ、金杉橋に入った。下駄や大八車の音に、羅宇屋の道具箱の音がかき消される。

渡れば、そこからは浜松町となる。

古川の土手に沿った往還から、丸顔の気のよさそうな男が、ひとくせありそうな遊び人風の男を連れ、出て来て金杉橋に入った。

数歩の差で互いに意識しないまますれ違った。若い者を連れた丸顔の男は、相州屋に向かっているのだ。裏仲の弥之市である。

「この先の札ノ辻だ。わしも訪ねるのは初めてだがなあ」

「へえ。貫禄《かんろく》のある、街道の親分といった感じで、あっしも一度は訪ねてみてえ

と思っておりやした」

と、弥之市に返したのは、一家の代貸の辛三郎《しんざぶろう》だった。きのう忠吾郎が中門前三丁目の弥之市の住処《すみか》を訪ねている。それがきょう、弥之市が代貸をともなって訪れようとしている。なにか大事な話があるに違いない。

忠吾郎は店にいた。

相州屋の暖簾をくぐった弥之市に驚き、帳場は番頭の正之助に任せ、さっそく奥の部屋に二人を招じ入れた。

裏仲の弥之市は忠吾郎とあぐら居に対座するなり、

「札ノ辻の、助《す》けてもらいてえ」

真剣な表情で言ったのへ、忠吾郎はまたびっくりした。柔和な丸顔が険しくなっており、辛三郎はその斜めうしろに神妙な顔つきで端座《たんざ》している。

「二回もつづいた夜鷹殺しに関わることかい。言ってみなせえ。一人は相州屋《うち》の寄子宿にいたお稲だったのも不思議な縁だ」

「そう、そのよしみに甘えさせてもらいてえのだ」

と、弥之市は語りはじめた。

やはり周囲の店頭たちが、弥之市の縄張を狙《ねら》いはじめたようだ。とくに縄張が細い路地一筋をはさんで隣接する、片門前三丁目の店頭・熊五郎《くまごろう》と、中門前二丁目の店頭・権之助《ごんのすけ》がきのう、弥之市の住処を直《じか》に訪れ、

「――裏仲の縄張で起こった辻斬りだ。まわりみんなが迷惑している。ここは一つ、辻斬り野郎をおめえさんの手で始末し、町の者を安心させなきゃあ収まりはつくめえよ。それができなきゃ、門前の隅っこでも店頭を張っている価値はねえっていうもんだぜ」

と、申し入れて来たというのだ。

門前の店頭たちが合力して辻斬りの捕縛にあたろうというのではなく、逆に弥之市を責め立てに来たのだ。〝価値はねえ〟とは、縄張を明け渡せということだ。しかも辻斬りの科人《とがにん》を始末しろなどと、かなり難しい条件をつけてきたのだ。

弥之市は嘆息しながら言った。

「あんな辺鄙《へんぴ》な土地とはいえ、夜鷹などがいて多少の実入りはありまさあ。それを奴ら、狙っているのかもしれねえ。そうなりゃあ、夜鷹たちが可哀相だ。俺のためだけじゃねえ。縄張にちょっかいを出してくる奴がいたんじゃ、はね返す以外にねえ」

そうなると、夜鷹殺しがきっかけとなって店頭同士の争いとなるのは必定《ひつじよう》である。さらに、いったん抗争が発生すれば、弥之市をあと押しする店頭も出て来るはずだ。そこに至れば広大な増上寺門前全体が騒然とし、いずれ大出入りになるかもしれない。

それればかりではない。増上寺門前といえば、江戸の親分衆にとって実入りの多い土地であり、いずれかで店頭を張る者なら、機会があれば食指を動かさぬはずはない。それらを巻き込めば、江戸中を巻き込む騒動にまで発展しかねない。おそらく増上寺門前の店頭たちは、辻斬りよりもそのほうに緊張していることだろう。

「そうですかい」

忠吾郎はゆっくりとした口調で返した。

「ホッ、助《す》けてくれるかい、札ノ辻の」

弥之市はひと膝まえにすり出た。

忠吾郎も相応に構え、

「助けるも助けねえもない。わしは殺されたお稲の足跡をたどらねえと、わし自身が収まらねえのよ。その手立てはすでに打ってある。そこから科人が浮かび上がって来ねえとも限らねえ。いずれにせよ、裏仲の。助ける(すけ)ほどのことができるかどうかはわからねえが、ともかく手は出させてもらうぜ」

「ありがてえ」

「安心するのはまだ早《はえ》え。夜まわりは怠りねえと思うが、辻斬りを捕まえる算段はしてなさるかい」

「そりゃあもう」

応えたのは斜めうしろの辛三郎だった。

「ほう、そりゃあ頼もしい。わしなら秘かに待ち伏せて、逆に辻斬りをおびき出す手も考えるんだがなあ。まあ、あそこはおめえさんらの縄張だ。期待してるぜ」

「ふむ」

弥之市はうなずき、ちらと斜めうしろの辛三郎に目をやった。

辛三郎は無言でうなずいたが、顔面は蒼白になっていた。店頭一家の者なら、斬った張ったの覚えはあろう。あの斬り口を見ればわかるはずだ。

（殺ったやつは、相応の手練）

弥之市も辛三郎も、そこに緊張をあらためて募《つの》らせているのだろう。

羅宇屋の仁左が堀川屋敷の裏門を叩くのは初めてである。

さすがは八百石だ。裏門といえど無人ではなく、すぐに中間《ちゅうげん》が顔を出した。

羅宇屋であることを告げると、屋敷には煙草をやる者がいるのか、

「ちょっと待っておれ」

と、しばし板戸の外で待たされ、さきほどの中間が顔をのぞかせ、

「いまは取込み中だ。あとにしろ」

と、板戸を閉めた。

仁左はその場に立ち、感じるものがあった。

中間が奥の誰かに取り次いだだけなら、〝あとにしろ〟と言うはずではないか。ところが中間は〝あとにしろ〟とだけ言った。ということは、中間もその〝取込み中〟がなんであるかを知っていることになる。

（屋敷全体が取込み中）

仁左は感じ、それだけを収穫に去ろうとした。

すると、また板戸が開いた。顔をのぞかせたのは、身なりから若党であった。

「ふむ。おまえ、羅宇屋だそうだなあ」

「へえ、さようで。今後ともご贔屓に」

「しばし待てとのことだ。そこで待っておれ」

言うと、板戸はまた閉められた。

若党は確かに〝……とのことだ〟と、言った。ということは、誰かに命じられたことになる。

待った。

すぐだった。ふたたび板戸が開き、出て来たのは、若党よりも身なりのととのった年配の武士だった。

(用人か)

仁左は推測した。そのとおりで、武士は堀川屋敷の用人・大河原定兵衛だった。

用人は言った。

「その方、羅宇屋であれば、あちこちの町場もまわっておろう」

「へえ、さようで。このあたりは初めてでやすが」

「ふむ。で、増上寺の門前はどうじゃ。まわっておるか」

「そりゃあもう。あそこは家も人も混んでおりやして、お得意さんも……」

言いながら仁左は、

（脈あり）

直感し、

「多うございまして、ここ数日はあのあたりをまわり、きょうはこちらまで足を延ばさせていただいた次第でございやす」

「ほう。ならば、聞いておらんか」

「なにをでございやしょう」

仁左は辞をさらに低くした。

「屋敷の者が、門前の町場で辻斬りがあったと聞いてのう」

「ああ、それでやしたら、もうえらいうわさで。なにしろ二度も立てつづけなものでございやして。なんでもお仲間の夜鷹が言うには、一人は以前はお屋敷奉公で、名は確かイネとかイナとか、そういう名でございやした」

用人の表情が険しくなった。

「うむ。で、どこの屋敷かは？」

「そこまでは聞いておりやせん。お仲間内では知っている者がいるかもしれやせんが、それがなにか」

「い、いや。なんでもない。辻斬りとは物騒な話だから、つい訊いたまでじゃ。それで町方は出張っておるのか」

「それはどうでやしょう。なにぶんあのあたりはお奉行所のお役人の入《へえ》りにくいところでやして。あっしもあそこでお役人は見ておりやせん。したが、お奉行所とて手の者をご門前に入れておりやしょうから、科人の手掛かりを得ようと、ホトケの正確な名や以前の奉公先なども聞き込み……」

用人の表情に険しさが増した。

「いえいえ、これは手前どもの勝手な憶測で……へえ、申しわけありやせん」

仁左は顔の前で掌《てのひら》をひらひらと振り、

「それよりも旦那、煙管の新調などいかがでございやしょう。お武家さまに似合いそうな粋な羅宇竹も取りそろえてございますので、へえ」

「うむ、考えておこう。手間を取らせたなあ、許せ」

言うと大河原定兵衛は急ぐように板戸の門内に消えた。

その背に仁左はふかぶかと辞儀をし、

（間違いない。関わっている）

確信を持ったが、なぜ……どのように……。そこが判らない。

（ともかく忠吾郎の旦那へ）

知らせなければならない。

急ぎ足になった。

七

まだ午前《ひるまえ》だった。

お沙世は店の中で、往還の縁台には出ていなかった。ちょうどよい。これから忠吾郎と、極秘の話をしなければならないかもしれないのだ。道具箱へ音を立てないように相州屋の暖簾をくぐった。

「で、どうだった」

と、奥の部屋で対座するなり忠吾郎は膝《ひざ》を乗り出した。

仁左が、

「中には入《へえ》れやせんでしたが……」

と、堀川屋敷での感触を話しているあいだ、

「ふむ、ふむ。ふーむ」

忠吾郎は得心するように幾度も相槌《あいづち》を打ち、聞き終わると、

「実はさっき、裏仲の弥之市どんが来てなあ……」

と、辻斬り現場のあたりを仕切る店頭が来たことを話した。

こんどは仁左が〝ふむ、ふむ〟と聞く番になった。

双方話し終え、

「旦那、あっしの感触でやすが、堀川屋敷は辻斬りについてなにかを知っている。あるいは関わっている。それを用人は承知しており、いま極度に困惑している……そう踏みやしたが」

「そのようだなあ」

二人はうなずき合った。

屋敷の元腰元が夜鷹をしているのを察知し、世間体を考えた堀川屋敷が刺客《しかく》を放った……。

双方の脳裡に、それが走ったのだ。

「しかし」

二人同時に声を出した。ならば最初の殺しはなんだったのか、説明がつかない。

「ともかくだ、お稲がなぜ……、それをわしは探らねばならぬ。午後にはわしも人宿のあるじとして……」

話しているところへ、番頭の正之助が入って来て、

「店場に旦那さまへの所用だというお人が見え、ここで返事が欲しいので待っている、と」

一通の文《ふみ》を差し出した。

差出人に〝忠之〟とある。北町奉行の榊原忠之だ。忠吾郎はその場で封を切った。

――用件はこの文持参の者より口頭にて

と、ある。

(ついに兄者も動き出したか。用件はやはりこの辻斬りの……)

北町奉行からの遣いである。思いながら部屋に招じ入れた。

入って来たのは三十五、六歳か、粋な単《ひとえ》の着ながしで手拭を吉原《よしわら》かぶりに髷を隠し、無腰なので武士か町人か判らない。

男は襖《ふすま》を背に端座し、部屋にいる職人姿の男に訝《いぶか》しげな視線を向けた。その目が忠吾郎に、

（お人払いを）

言っている。

仁左はそれを察し、

「それじゃ旦那さま、あっしは寄子宿のほうへ」

と、腰を上げた。

寄子宿のほうへ小僧が呼びに来たのは、そのあとすぐだった。

ふたたび母屋の奥の部屋に入ると、さきほどの男はいなかった。用件だけで帰ったようだ。

忠吾郎は言った。

「あやつ、北町の隠密廻り同心じゃった。染谷結之助《そめやゆいのすけ》というそうだ」

単の着物なら、ふところに十手や短刀を忍ばせていたら上からでも判るが、その気配はなかった。それだけ柔術に自信があるのだろう。

「えっ、そんなら」

「そう。兄者からよほど信頼されているとみえ、わしと奉行が兄弟だということを話したうえで、用件も口頭にしたようだ。それにあの隠密、おめえさんのことを訊いておったぞ。職人姿だが、ほんとうに職人かと」

「ほんとうの？　で、どのように」

「正真正銘の羅宇屋だと言うと、また怪訝《けげん》な顔をしおった」

「あはは。羅宇屋は隠密によく間違われやすからねえ。で、用件は」

仁左は冗談のように返したが内心、

（鋭い男）

感じとった。

もちろん仁左はそれを顔には出さず、忠吾郎は、

「それじゃ」

と、忠之が至急の面会を求めて来たことを話し、

「場所は金杉橋の浜久、時間は染谷どのが呉服橋御門の北町に戻り、それから兄者が金杉橋まで出て来られる時分に設定した。それでさっき番頭を浜久に走らせた。部屋を押さえにな。おめえさんなあ、その時分に裏仲の弥之市一家の住処《すみか》にいてくれ。わしもあとで行くから。余計なことは言わぬようにな」

北町奉行・榊原忠之との関係も忠之と会うことも話すな、と、忠吾郎は言っている。

「わかりやした。それで旦那が堀川屋敷へ行くのは？」

「正之助を浜久へ走らせたから、ついでにそのまま堀川屋敷へも行かせることにした。報告に戻って来るのも裏仲の住処ということにしてな。それまでにおめえから弥之市どんに、お稲の以前の奉公先が堀川屋敷だったことを話しておいてくれ。わしが行ったとき、弥之市どんとすぐに向後《こうご》の策が話せるようになあ」

「この捕物、裏仲の住処が本陣になるってえことですかい」

「そういうことだ。場所もちょうどいいし、増上寺の御門前を抗争の場にさせないためにもなあ」

話しているうちに、そろそろ出かける時分となった。

相州屋の帳場は正之助が戻るまで手代や小僧たちに任せ、忠吾郎と仁左は目立たぬよう、裏の勝手口からそっと出た。忠吾郎は単の着ながしに鉄煙管を帯に差し、仁左は仕事に出るときの職人姿だが、ふところに匕首《あいくち》を呑んでいた。

そろそろ太陽が中天にかかろうかという時分になっている。

忠吾郎が浜久に入ったとき、忠之はまだ来ていなかった。

あるじの久吉は、

「これは相州屋の旦那、いつも妹の沙世がお世話になっておりまする」

と、女将ともども玄関に出迎え、注文をつけたとおり一番奥に部屋を取り、手前の部屋を空き部屋にしていた。襖《ふすま》越しに声が洩《も》れるのを防ぐためである。忠吾郎と会うのが北町奉行であることなど、最初に忠之と忠吾郎こと忠次がここで会ったときも、浜久は聞かされていない。

「——大事な仕事の話でして」

と、正之助は告げており、正之助自身もここであるじの忠吾郎が北町奉行と会うことなど知らないのだ。

浜久の前で忠吾郎と別れた仁左は金杉橋を渡り土手に沿った往還に入った。けさ裏仲の弥之市が出て来た枝道だ。

お稲の死体はすでに無縁仏として寺に運ばれ、一家の玄関口には清めの塩が撒《ま》かれていた。

「手前、相州屋から贔屓をいただいている羅宇屋にて、名は仁左と申しやす。忠吾郎旦那はいま大事《でえじ》な知り人と会っており、おっつけ夜鷹殺しの件でここへ参《めえ》りやす。それまで軒端《のきば》をお借りし待たせていただきたく」

口上を述べ、

「実はけさがた、忠吾郎旦那に頼まれ堀川屋敷に参りやして。その屋敷、そこの土手で殺されたお稲さんのかつての奉公先でございやして」

話すと、玄関口で受けた代貸の辛三郎は即座に呑みこみ、すぐ奥へ通された。

出て来た弥之市も、

「ほう、羅宇屋かい。それで相州屋の旦那に頼まれなすったのだな」

と、羅宇屋の性質からその目的を解した。

部屋には弥之市と辛三郎の三人となり、仁左の話す堀川屋敷のようすに、

「ふーむ。堀川とかぬかす屋敷の者だな、縄張内《しまうち》で夜鷹を殺《や》りやがったのは」

弥之市も忠吾郎や仁左たちとおなじようなことを考え、

「どんな大身の旗本か知らねえが、許せねえ」

と、怒りをあらわにした。

話しているところへ、正之助が来た。

（早いな）

仁左は思ったが、理由《わけ》はすぐにわかった。

忠吾郎はいないが仁左がいたので、正之助は堀川屋敷でのようすを、

「どうもこうもありませぬ」

と、語りはじめた。

「裏の勝手門で中間さんに札ノ辻の相州屋から参りましたと話すと、そう、見覚えがあります。出て来たのは三年前、お稲を口入れしたときに会ったお女中頭でした。その後のお稲のようすをうかがおうとすると……」

「――相州屋に話すことはなにもありませぬ」

と、ぴしゃりと板戸を閉められたという。

「そう。取りつく島もないとは、あのことでございましょう」

正之助は憤慨《ふんがい》した口調で話し、

「報告はそれだけです。かように、仁左さんから旦那さまに。わたくしは店がありますので。あのような屋敷、もう誰が口入れするものですか」

と、憤懣《ふんまん》やる方ないといったようすで早々に引き揚げた。

仁左と弥之市は顔を見合わせ、

(殺ったのは堀川屋敷の者に間違いない)

確信を持ち、辛三郎も一緒にうなずいた。

堀川屋敷では、女中頭の由貴路が相州屋の番頭を追い返したあと、奥の部屋に用人の大河原定兵衛を呼びつけていた。

金切声《かなきりごえ》になっている。

「梶山惣助はまったくへまをやりました。よりによってお稲を手にかけるとは」

「先立っては、それをかえって手柄じゃとそなたが」

「言いました。なれど、事情が変わりました。相州屋の番頭が来たのです」

「えっ」

「それみなさい。そなたも驚いたではありませぬか。町場ではすでに当家の名がうわさされ、それで相州屋の番頭が探りに来たに相違ありませぬ」

「そ、それは」

「うろたえてはなりませぬ。もう一人などと悠長なことは言っておれませぬ。今夜、決行です。あたくしもそのように算段いたしておきます。奥方さまも早うと言っておいでなのです。このこと、殿に話す必要はありませぬ。邪魔立てされては困りますから。いいですね、今夜ですよ」

「うーむむ。相分かった」

金切声に定兵衛は返すと、

「惣助、梶山惣助はおらぬか」

廊下に声を投げた。

これを機に、堀川屋敷は余裕を失い緊張に包まれた。動き始めたのである。

陽は西の空に入っている。

「まだかなあ」

と、弥之市一家の住処では、一同が忠吾郎が来るのを待っている。

札ノ辻ではおなじころ、おクマとおトラが、またよたよたと駈け戻って来ていた。仕事を終え帰って来るには早すぎる。

寄子宿への路地ではなく、おもての店の玄関口に駈けこみ、

「旦那さまア」

が、旦那はいない。さきに戻り帳場に座っていた番頭の正之助が驚いたようすで、

「また辻斬りですか！」

「そんなんじゃない」

「旦那さまは、まだお戻りではないですよ」

「あぁ、こんな時に限って……」

「せめて仁左さんでもいてくれれば」

と、おクマとおトラは仕方なく寄子宿に戻ろうとおもてに出ると、

「おクマさんとおトラさん、またどうしたのですか」

茶店の縁台からお沙世が声をかけてきた。

「あっ、お沙世ちゃん。聞いておくれよ」

「出た、出たんだよう」

「出たって、なにが？」

問われ、おクマとおトラはよろよろと縁台に歩み寄り、崩れるように腰を投げ下ろすなり、

「て、寺町の幽霊坂《ゆうれいざか》に、本物の幽霊が……」

「そう、見たんだよう。はっきりと、この目で」

「えぇえ！」

お沙世は驚きの声を上げ、往来人の幾人かが立ちどまった。

三田の寺町に、実際にあるのだ。土地の者が、幽霊坂と呼んでいる坂が……。

二　女乗物の計

一

浜久の座敷である。

一番奥で、手前は空き部屋にしている。

部屋には兄と弟、奉行と同心といった差は感じられない。三人はまったく対等、のかたちに鼎座《ていざ》している。

「あのお三方、いったいどんなご関係なんでしょう」

などと、膳を運んだ仲居《なかい》が言っていた。

北町奉行の榊原忠之《ただゆき》は来たときには深編笠《ふかあみがさ》で顔を隠し、袷《あわせ》の着物を着ながしに大小を帯び、隠密同心の染谷結之助は単《ひとえ》を無造作に着込んで脇差《わきざし》を帯び、髷《まげ》を手拭の吉原かぶりで隠し、一見遊び人風に見える。忠吾郎も着ながしの町人姿で、鉄の長煙管《ながぎせる》を腰に差している。染谷は午前中、相州屋に顔を出したとき部屋の中でも吉原かぶりを取らなかったが、ここでは取っている。

（さすがは隠密同心）

忠吾郎は感心した。手拭の下は同心の小銀杏《こいちょう》ではなく、町人髷だったのだ。

これでは仲居たちが、忠吾郎は知っていても、

「お相手はお武家のようだけど、もう一人は？」

「相州屋の旦那、ほんとお顔が広い」

と、首をかしげるのも無理はない。浜久のあるじの久吉も女将《おかみ》のお甲も、相方の二人の素性は知らない。知れば仰天するだろう。

ただお甲は仲居たちに、

「膳の用以外で、お座敷には近づかないように」

針をさしていた。

部屋で三人とも声を落とし、深刻な内容が話されていた。

二件の夜鷹殺しが、増上寺門前ばかりか、他の町の店頭《たながしら》をも巻き込む大抗争に発展しそうなことを、忠之は把握していた。

「染谷が密偵を引き連れて門前一帯を探ってくれてのう、それで判ったのじゃ」

忠之が言ったのへ、

「そのとおりです」

忠次《ただつぐ》こと忠吾郎は応《こた》えた。

染谷結之助がわずかな時間でそこまで嗅《か》ぎ取ったとは、相当な切れ者というほかない。ここにも忠吾郎は舌を巻いた。

しかしというより、それゆえであろう。忠之も染谷も、苦渋を表情に刷《は》いていた。

門前町に奉行所が入りにくいといっても、建前は町奉行の支配地である。そこでの辻斬りが発端となってやくざ者たちの抗争を呼んだのでは、町奉行にとって大きな失態となる。

忠之は就任早々に若年寄の田沼意正《たぬまおきまさ》から譴責《けんせき》され、面目を失いかねない。

「くすぶりのうちに、なんとか抑《おさ》えこめぬか」

と、忠之が、忠吾郎に談合を求めた用件はそこにあった。

忠吾郎はうなずき、

「実は……」

と、以前その屋敷に口入れした娘が、こたび斬殺された夜鷹の一人であったことを話のながれのなかで語り、それが事件に介入するきっかけになった経緯も説明した。そして、すでに手をつけ、地元の店頭一人とも合力ができていることを話し、

「まだ断定はできませぬが、相州屋で女中を口入れした武家が関わっているようで。そこのあるじは柳営《りゅうえい》（幕府）の納戸頭《なんどがしら》でありましたが、いまもそうでしょうか。ほれ、愛宕山向こうの堀川右京さまと申されて」

「なんと！」

突然だった。忠之は驚きの声を上げ、染谷結之助も、

「えぇぇ！」

思わず腰を浮かせた。

この反応には、忠吾郎のほうが驚いた。

「その堀川右京なあ、一年前から、腰物奉行に就いておるぞ」

「なんと！」

忠吾郎も声を上げた。

腰物奉行といえば、将軍家の佩刀《はいとう》や諸侯から献上された刀剣、さらには将軍家

から諸侯に下賜《かし》される大小のすべてをつかさどる役職である。当然そこには、

——切れ味は

それも含まれる。実際に試し斬りを担当するのは代々の山田浅右衛門《やまだあさえもん》だが、その切れ味を将軍家に報告するのは腰物奉行である。

堀川右京は、その役職にあった。

忠吾郎の口から堀川右京の名が出たとき、忠之と染谷の脳裡に去来したのは、

(堀川家の誰かが、夜の町場で試し斬り……!?)

であった。

忠之の言葉に、忠吾郎の脳裡にもそれが走る。

(将軍家の刀で、夜鷹を試し斬り)

しかも場所は、将軍家の菩提寺《ぼだいじ》である増上寺の門前ではないか。

おもてざたになれば、幕府を揺るがす大事件となる。腰物奉行と、それを見逃した町奉行の切腹だけでは収まらない。柳営の現体制そのものが糾弾《きゅうだん》され、

「公方さまの腰には、夜鷹の血を吸った刀が……」

巷間《こうかん》に流布《るふ》され、お上の権威が地に墜《お》ちるどころか、諸人《もろびと》の十一代家斉《いえなり》将軍への、

――反感を、呼ぶことになるかもしれない。

重苦しい沈黙が、浜久の奥の座敷にながれた。

「防げるか」

「わかりませぬ」

忠之が低く言ったのへ、忠吾郎は返した。

ふたたび思いつめたように忠之が、

「現場の店頭と合力が成っているのであれば、染谷をおまえにつけよう。密偵を幾人か抱《かか》えており、力になるぞ」

その言葉に、染谷は無言のうなずきを見せた。

しかし忠吾郎は、

「それはいけません」

言った。すでに染谷たちが増上寺の門前町を探索したとはいえ、新たに札ノ辻の忠吾郎と裏仲の弥之市が奉行所の手の者を域内に引き入れたとなれば、こんどは忠吾郎と弥之市が増上寺門前の店頭たちから命を狙われることになるだろう。

ただし、忠吾郎は言った。

「手証《てしょう》を得るためにも、さっそく今夜から堀川屋敷を見張ることにしよう。三度目の試し斬りを防ぐためにも」

「ふむ」

忠之はうなずき、染谷も、

「はっ」

かすかにうなずきを見せ、部屋には新たな緊張の糸が張られた。

だが、そこで具体的な合力が話し合われることはなかった。染谷を含め、互いに合力することの危険性を心得ているのだ。

忠之は緊張の空気を払おうとしてか、

「これはきょうの本筋から離れるかもしれぬが」

と、話題を変えた。

「忠次よ、覚えておるか。わが榊原家の菩提寺を」

なにごとかと、染谷はさきほどの緊張から、所在なげに肩の力を抜いた。

「あはは、兄者。家を出た身でも先祖を捨てたわけじゃありませんわい。札ノ辻に居を構えたとき、まっさきにお参りしておきましたよ」

「ふむ、それは感心じゃ。札ノ辻からなら、すぐ近くだからなあ。覚えておるか、あの坂を上るとき、よく駈けっこをしたものじゃった」

「そうでした。兄者にはかないませなんだ。恐いものだから、ことさら大きな声を出して。なにしろ幽霊坂でしたからなあ」

「さよう、上り切ったところの玉鳳寺《ぎょくほうじ》じゃった。おまえは知らぬかもしれぬが、堀川家の菩提寺もそこなのじゃ」

「えっ」

忠吾郎は思わず兄・忠之の顔を見つめ、染谷も興味を持ったようだ。

忠之はつづけた。

「そう、一年前じゃった。右京どのが腰物奉行への就任をご先祖に報告されたのか、境内《けいだい》でばったり出会《でお》うてのう。四十路《よそじ》をいくらか超えたお人で、入り婿《むこ》なのじゃ。奥方がこれまた気の強いお人でなあ。まあ、右京どのには、屋敷内での生活に息苦しいものがあるに違いない。あはは、いや、座興に申したまで。こたびの一件に堀川家が関わっておっても、菩提寺までは関係ないかのう」

「いえ、兄者。どのようなことでも参考になりますぞ」

「わしもつい、そう思うてのう」

忠之は返し、染谷もうなずきを入れていた。

二

このあとすぐ、

「いやあ、すっかり遅うなってしもうた。つい知り人と話がはずんでしまいましてなあ。すまぬ、すまぬ」

と、忠吾郎は弥之市一家の玄関に声を入れていた。まるで辻斬り犯の尻尾《しっぽ》でもつかんだように、厳《いか》めしい達磨《だるま》顔がなごんでいた。

だが、その上機嫌の表情は、奥の部屋で弥之市、仁左と三《み》つ鼎《がなえ》の座を組むと、たちまちに消えた。代貸の辛三郎も部屋にいて、弥之市の斜《なな》めうしろに控えている。若い衆を動員するとき、欠かせぬ存在である。

仁左が、番頭の正之助が語った堀川屋敷のようすを話すと、

「ふむ。そんなようすなら、堀川家から辻斬りが出ていることに、もう間違《まちげ》えあるめえ。しかも、この一両日にまた動きを見せそうな……」

と、忠吾郎も、仁左や弥之市とおなじ感触を持ち、

「実はさっき会っていた人は、武家の事情に詳しい人でなあ」

と、その役職と菩提寺が三田寺町の玉鳳寺で、堀川家へは婿養子であることを披露した。

「げえっ」

と、店頭の弥之市は堀川右京が腰物奉行であることに驚きの声を上げ、背後の辛三郎も思わず上体を前にかたむけた。

（試し斬り！）

皆がおなじことを、脳裡に走らせたのだ。

一方、仁左はといえば驚いたようすもなく考えこんでいる。

（もしや、それも先刻予想していたのでは）

忠吾郎は仁左の横顔にふっと視線を向けた。

「試し斬りよりも、堀川家の内情にも仔細《しさい》がありそうな気がしやす」

「ど、ど、どんな？」

仁左が淡々と言ったのへ、弥之市はすがるように問いかけた。柔和な丸顔が、角張って見える。

自分の縄張で将軍家の刀の試し斬りがおこなわれた。もし事実としたら、店頭たちの抗争よりも、自分にどのような災厄が降りかかってくるか知れたものでは

ない。弥之市の必死の問いは、

（ほかに理由があって欲しい）

その思いからである。

仁左はゆっくりとつづけた。

「こればかりは、屋敷の中をのぞく以外、目的を明らかにする方途はありやせん。今宵《こよい》、すぐにでも」

「ど、どうやって」

「方途はあるのか」

なおもうろたえる弥之市を尻目に、忠吾郎は問いを入れた。

「今宵、暗くなってから、あっしが入《へえ》りやしょう」

「えっ。盗賊みてえに、堀川屋敷へ!?」

驚きの声は弥之市だった。

これには忠吾郎も驚き、探るような口調で言った。

「おめえさん、そんなこともできるのか」

「できるもできねえも、これしか方途はありやせん。ま、旦那。あっしはこれでも身の軽いほうでして」

「そりゃあわかるが」

言った忠吾郎の脳裡には、急ぎの大八車に轢《ひ》かれそうになった女の子を、反射的に仁左が救い上げたときのことが浮かんでいた。

（なるほど）

なにが〝なるほど〟なのか、忠吾郎自身にもはっきりとは解らないが、少なくとも〝任せてよい〟と得心するものは感じた。

話は進んだ。

部屋には、愛宕山と増上寺を中ほどに描いた切絵図が開かれた。まるで盗賊が押し入る算段をしているように見える。周辺の武家地や町場が克明に描かれ、堀川屋敷もあれば増上寺門前の片門前も中門前も記されている。

「堀川屋敷から、ここの中門前三丁目まで出張るには……」

と、仁左はふた筋の道を示した。一つは愛宕山下の武家地を経て増上寺の門前に至る経路で、もう一つは愛宕山の裏手から町場に入り、神谷町《かみやちょう》を経て増上寺裏手の町場を抜け、古川上流の赤羽橋に至る道順である。赤羽橋から古川の土手道を下れば将監橋《しょうげんばし》に至り、そこから金杉橋までのあいだが、夜鷹の出没する増上寺門前町の端っこということになる。

ちなみに、札ノ辻で東海道から分かれた往還を進めば、いま広げている切絵図の赤羽橋に至るのだ。

仁左の、道順の示し方が堂に入っている。

弥之市とその代貸の辛三郎は、

「ふむふむ」

と、得心しながら聞き入っていたが、忠吾郎には、

(こやつ、いったい何者)

あらためて思えてきた。

そのなかに、話は仁左を中心に進んだ。

部屋の一同がホッとひと息入れたのは、陽が西の空にすっかりかたむいた時分だった。

日の入りまで、あとわずかだ。忠吾郎は、部屋で仁左と二人になった。

「なにも言わねえ。この事件、わしはおめえに賭けるぜ」

忠吾郎は仁左に言った。

きょう午前、相州屋の部屋で、染谷結之助とは仁左も初対面のようだった。どちらにも芝居《しばい》をしているようすはなかった。そこから推《お》せば、

(兄者の遣《つか》わした隠密ではない)

ことは確かだ。

それなら、

(…………)

推測している余裕はない。いま手を染めてしまった事件に忠吾郎は、忠之の言った〝闇奉行〟になり切っている。

「ははは、旦那。買いかぶらねえでくだせえ。あっしも旦那に賭けやすぜ」

仁左は返した。

間もなく陽が落ちるころだ。

日脚《ひあし》の長い夏の夕刻とはいえ、愛宕山の向こうの武家地に着いたころには陽は落ち、宵闇《よいやみ》の下りるころとなっているだろう。さいわい今宵は、ほどよい月夜になる気配だ。

提灯《ちょうちん》を持たず、三々五々に弥之市一家の住処《すみか》を出た。

弥之市は残った。差配《さはい》役なら、忠吾郎も残るべきであろうが、

「わしは行くぜ」

と、一行に加わった。仁左の手並みを見たかったのだ。

「仕方ありやせん」

実際仕方なさそうに、仁左は言ったものだった。

いずれもが夏というのに黒足袋《たび》に草鞋《わらじ》を結んでいる。いつでも足袋跣《たびはだし》になれるようにとの、仁左の発案《さ》だった。

土手の巡回に二人を割き、金杉橋と将監橋にまた二人ずつ、堀川屋敷に向かう仁左と忠吾郎には辛三郎と若い衆一人が随《したが》った。住処には弥之市とともに、つなぎ役として二人の若い衆が残った。これが弥之市一家の若い衆のすべてだった。一家は裏仲などと言われるように、増上寺門前ではほんとうに小さな勢力なのだ。

この事件には、それで充分だった。堀川屋敷から出て来るのは、実行者ただ一人と仁左は踏んでいる。

一家の者は脇差を帯びているが、忠吾郎は鉄煙管のままで、仁左も動きやすい職人姿でふところに匕首《あいくち》ひと振りだった。

武家地に入った。昼間でも人通りは少なく、夜になればなおさらである。

「――なあに、武家屋敷なんてものは、門構えは厳《いか》めしくできておりやすが、中は無防備でさあ」

仁左は弥之市一家の部屋で言ったが、ほのかな月明かりに白壁の浮かぶ往還に歩を踏みながら、一行のなかで最も緊張していた。

堀川屋敷の中に、昼間まだ一度も入っていない。なにがどこにあるかもわからないまま忍び込むなど、無謀で危険というほかないことを、仁左が一番よく承知しているのだ。それを冒《おか》してでも忍び込む……。仁左も忠吾郎も、それを是《ぜ》とするほど事態に切羽《せっぱ》詰まったものを感じているのだ。

四人は武家地に入り、堀川屋敷の周囲を一巡した。

あと一度、角を曲がれば堀川屋敷の表門が見える往還である。

いずれも無言で、仁左が先頭に歩を踏んでいる。

曲がった。

「おっ」

足を止めた。

灯りに人影。そば屋の屋台だ。

(客が一人)

仁左はとっさに看《み》て取った。

素早くあごで示し、忠吾郎、辛三郎、若い衆の順に確認した。

武家地に屋台のそば屋……奇異ではない。中間《ちゅうげん》や女中などがよく食べに来るのだ。いまいる客も紺看板《こんかんばん》に梵天帯《ぼんてんおび》、腰の背に木刀……中間である。

「どうしやす」

「引き返し、さっきの路地のところから白壁を乗り越える」

辛三郎の問いに仁左が嗄《か》れた声で応《こた》えたとき、物音に忠吾郎がふたたび角をのぞき、

「うっ」

うめいた。

堀川屋敷の表門の潜《くぐ》り戸から武士が一人、走り出たのだ。

屋台に向かっている。そばを食べに行くようなようすではない。

淡《あわ》い月明かりのなかに、聞こえる。

「おい、おまえたち。ここで何をしておる」

「へえ。何をって、そばを」

「それはわかっておる。かような表門の近くで目障《めざわ》りだ」

「そう言われやしても」

「つべこべ言うな。それにおまえ、どこの中間だ。わが屋敷の前で、無礼な！」

「うへー」

中間はそばの碗《わん》と箸《はし》を持ったまま、うろたえるように一歩下がった。

「さあ、どこでもよい。目につかぬところへ立ち去れ！」

「へ、へえ」

そば屋は追い立てられるように団扇《うちわ》を持ったまま屋台を担ぎ、客の中間はまだ食べかけか、碗と箸を持ったままつづいた。

近づいて来る。

辛三郎が息だけの声で、

「ど、どうしやす」

「ちょうどよい。ここでわしらもそば屋の客になろう」

忠吾郎が低く応じ、

「ん？　あれは」

「あっ」

仁左の、やはり息だけの声がつづいた。

月明かりと提灯に照らされた顔は、中間姿だが染谷結之助ではないか。

路地まであと数歩、武士の姿は消え表門の潜り戸が閉められたようだ。

即座に忠吾郎は、忠之が心配してこの場へ染谷を遣わしたことを覚《さと》り、仁左とうなずきを交わすと、

「おい、ソメ、こっちだ」

ふたたび路地から顔を出した。

さすがは忠之の見込んだ隠密廻り同心である。無言で腰の背の木刀に手をかけ、身構えた。

「わしだ。相州屋だ」

「これは！」

中間姿の染谷は気づいたか、

「そこの路地に入れ」

低声《こごえ》でそば屋へ命令口調で言った。配下のようだ。

染谷はそこに仁左とあと二人、見知らぬ者もいるのに気づき、

「これは旦那。またこんなところで何を？」

と、中間になりきり、

「羅宇屋さんも」

「おう」

と、仁左もそれに合わせ、染谷は配下のそば屋ともども路地に入った。

辛三郎が、

「えっ、知っている人で？」

「そうだ。わしが以前、口入れした男でなあ」

「へえ。おかげさまで、なんとかやって行けておりますです」

中間姿の染谷が応え、仁左もうなずきを入れた。辛三郎と若い衆は得心したようだ。

薄い月明かりと屋台の提灯の灯りのなかで、低くやりとりはつづいた。

「こちらはなあ、ほれ、増上寺門前の店頭一家の人らだ。ちょいと仔細《わけ》あって堀川屋敷を見張っておる。手を貸してくれんか。そっちのそば屋も、駄賃ははずむぜ」

「ほっ、旦那らしいや。きょうのお屋敷の仕事は終えていまさあ。このそば屋、近くの常連でねえ。おい、とっつぁん、いいかい」

「へ、へえ」

そば屋は応じ、辛三郎と若い衆にも染谷は、

「ご門前のお人ら、よろしゅう」

「おう。相州屋さんの知り人なら頼もしいぜ」

と、互いに合力まで成り立った。

「待て、静かに」

「ふむ」

不意に忠吾郎が叱声《しっせい》を吐《は》き、染谷がうなずいた。

堀川屋敷の表門から、潜り戸ではない、重く扉の開く音が聞こえてきたのだ。

そば屋も含め、路地の一同の動きが止まった。わずかに忠吾郎と染谷がおもての通りへ顔をのぞかせている。

「みょうなものが出て来やしたぜ」

中間姿の染谷が声を圧《お》し殺したのへ、

「どれ」

仁左ものぞき、

「うっ」

見入った。

表門から、提灯の灯りとともに四枚肩《しまいかた》の権門駕籠《けんもんかご》が出て来たのだ。先頭に武士が一人、駕籠の両脇にも一人ずつ、うしろにも一人、四人の武士の警護つきである。中間は陸尺《ろくしやく》（駕籠《か》舁《ご》き《か》）の四人だけで、挟箱持《はさみばこも》ちや草履取《ぞうりと》りなどはいない。目を凝らすと、そう豪華ではないが女乗物だ。乗っているのは女人《によにん》か？　腰元のお付がいないのは夜だからといえるが、一人もいないのは奇妙だ。

「変えよう」

忠吾郎が声を抑え、女乗物のほうを顎《あご》でしゃくったのへ、中間姿の染谷と職人姿の仁左は、無言のうなずきを返した。今宵の目的を、屋敷への忍びこみから、女乗物の尾行へと変えたのだ。

あの女乗物のなかに、屋敷に忍び込んでも得られないような重大な秘密が隠されているような気がする。忠吾郎はそれを直感したのだった。

女乗物が屋敷を出るすこしまえ、忠吾郎と仁左、弥之市と辛三郎の四人が、一家の奥の部屋で談合している時分だった。

堀川屋敷の奥で、女中頭の由貴路と用人の大河原定兵衛のあいだで応酬があった。

「――外でなど、危険きわまりない。他人に見られるかもしれぬし、騒がれればそれこそ大事《おおごと》じゃ」

「――そこをうまくやるのが、定兵衛どのの仕事ではありませぬか」

その口調には、いずれも激しいものがあった。

「――そううまくできるか。土手で夜鷹に一太刀浴びせるのとわけが違う」

「――おなじではありませぬか。梶山にそれができないはずはないでしょう」

「――そなた、自分の手でお智《さと》を刺し殺すのが嫌なものだから、外でと言っているのであろう」

「――なにをおっしゃいますか。奥方さまが、不浄の血で屋敷を穢《けが》してはならぬ、と言っておいでなのです」

「――勝手なことを。ご自分でもさんざん痛めつけておきながら」

「――おや、そなたは奥方さまを批判なさるのか。許しませぬぞ」

「――い、いや。そういうわけではないが……」

「――だったらなんなのです。奥方さまはあれの実行のためなら、ご自分のお乗物を使ってもよいと申されておいでなのです。それだけでもありがたいと思われよ。そのお乗物に死体を乗せるなど、縁起でもありませぬ。そんなことをすれば、あのお乗物は二度と使えなくなります」

「――そ、そりゃあそうじゃが」

「――ともかくお智を生きたまま運び出すのです。あたくしが化粧も衣装も、下賤の夜鷹のように扮《こしら》えておきます。いいですね。それが堀川家のお家のためなのです。まったく、あのような殿を迎えたばかりに」

「――おっ。そなた、殿を批判するか」

「――批判ではありませぬ。本当のことを言っているのです」

こうして暗くなってから、女乗物の一行が屋敷を出る用意が整えられたのだった。

出るとき、裏庭の縁側から、奥方と女中頭がそっと駕籠を見送っていた。

表門では、大河原定兵衛が見送り、

「それでは大変じゃろうが、首尾よう、の」

若党の梶山惣助に声をかけていた。

ということは、駕籠の先頭は梶山惣助で、あと三人もその配下の若党ということになる。

三

さいわい女乗物の一行は、忠吾郎らの潜んでいる路地とは逆方向に進んだ。

表門の閉まる、重厚な音が聞こえた。

いくらか間を置き、

「よし」

忠吾郎が言ったのへ、

「がってんでさあ」

と、仁左がそっと路地を出た。

つぎに三間（およそ五米《メートル》）ほどの間を置いて忠吾郎と中間姿の染谷がつづき、そのまた三間ほどうしろに提灯を点けた屋台がつながり、その提灯を目印に辛三郎と若い衆がつづいた。

それらは堀川屋敷の表門の前を通ったが、この配置ならかりに門内から誰かが見ていても、駕籠の一行を尾けているとは思わないだろう。さらにすれ違う者がいても、それと気づかないはずだ。

これが昼間なら、この配置でときおり前後を変えれば、尾けられている者がうしろをふり返っても、なにも勘付かないだろう。

駕籠の一行は淡い月明かりのなかに提灯を灯《とも》し、黙々と歩を進めている。夜であっても、対象が権門駕籠の一行で、提灯に火を入れているとなれば、きわめて尾けやすい。

それを最も感じているのは、先頭の仁左だった。

足袋跣になるまでもない。陸尺が四人もいて武士も四人、いずれもが草履《ぞうり》であり、自分たちの足音で五間（およそ九米）うしろの草鞋《わらじ》の音には気づかないだろう。

武家地を抜け、町場に入った。神谷《かみや》町《ちょう》だ。両脇に灯りはなく、人影もない。ときおり見えるのは、背後に尾いているのとおなじ、屋台のみである。

いま進んでいる往還をさらに行けば、愛宕山の裏から増上寺の裏手を経て古川の赤羽橋に至る。

（あいつら、この道を行きやがるか。それにしても、辻斬りにあの物々しさはあるまいが）

仁左は思いながら歩を拾っている。

(だったらあの権門駕籠、乗っているのはどんな女だ。いや、そう見せかけて男が乗っているのかもしれない。いったい……)

考えても埒《らち》が明かない。ただ、黙々と歩を拾った。思いがけない展開である。往還が湾曲し、見えなくなりそうになれば仁左が歩を速めたりゆるめたり、後続の者がつづくよう、うまく調整している。

それを見た染谷は、

(あやつ、尾行のイロハを知っておる)

感じながら、

「お奉行に言われましてね、忠次さま、いや、相州屋さんに合力せよ、と。あのそば屋はそれがしの使っている岡っ引でさあ」

「大方そんなところだと思っていたぜ、染谷さん」

と、その話をするために染谷は、忠吾郎と対《つい》になるよう配置を考えたのだ。

話す内容は、

「それにしてもあの駕籠、誰を乗せ、どこへ」

「女乗物じゃが、男か女か」

仁左の疑念とおなじものだった。

話したあと、やはり黙々と進む以外になかった。

一行は増上寺の裏手の往還に入り、いよいよ古川の赤羽橋に近づいた。

（えっ、赤羽橋へ？　いったい何なんだ、あの物々しさは）

先頭の仁左が思ったとき、忠吾郎も染谷も、さらに最後尾の辛三郎と若い衆も、おなじことを思っていた。その下流の土手での夜鷹殺しといよいよ関連づけ、緊張の度を高めたのもおなじだった。

古川の流れの音が聞こえてきた。

歩む一歩一歩に、水音は大きくなる。

前方に、闇の空洞が開けた。

赤羽橋のたもとだ。広場になり、隅に増上寺の裏門になる赤羽門がある。

橋板の手前で、駕籠は停まった。

（おっ）

仁左も足を止め、その場にうずくまった。すでに自分の身も広場に出ており、夜とはいえこれ以上近づけば気《き》づかれる。

忠吾郎と染谷もそれを看《み》て取ったか、広場に入った所で歩を止めてうずくまり、目を凝らした。そこからも橋のたもとに、人影の動いているのが確認できる。屋台の岡っ引も気づいたか、忠吾郎たちのうしろ三間（およそ五米）ほどの所に屋台を降ろし、提灯の火を吹き消した。橋のたもとからふり返れば、火が点いておれば見えるだろう。

そのうしろでは不意に屋台の灯りが消えたことに辛三郎と若い衆は驚き、ツツと駈け寄って、

「どうしたい、とっつぁん」

「しーっ」

屋台の岡っ引は叱声を吐き、前方を指さした。

そのときだった。権門駕籠の一行の灯りが一斉に消えたのが、かれらの目にも確認できた。仁左と忠吾郎、染谷の目にはなおさらである。

忠吾郎と染谷は身をかがめ、じりじりと仁左ににじり寄った。ほんの三間も離れていない。

灯りの消える直前だった。

仁左の耳に、水音にまじってかすかに聞こえていた。

「消せ」

そして消えたのだ。

さらに目を凝らした。

薄月夜に、人のうごめく影が確認できる。

声は、梶山惣助だった。

灯りが消えてから、その声はいっそう鮮明になった。

そこへにじり寄った忠吾郎と染谷が仁左の両脇にうずくまり、目を凝らした。

無言である。

三人の耳に聞こえる。

「出せ」

権門駕籠を開ける音だ。

ついで、

「ううううう」

女のうめき声だ。

女は手足を縛られ、猿轡《さるぐつわ》をかまされているようだ。

地面に転がされた。

「ほどいてやれ」

「はっ」

命じているのは梶山惣助であり、三人の若党が動き、手足の縄をほどいた二人が両脇から女の身を引き起こした。

そのあいだにも、

「ううううう」

女が必死にもがき、うめいているのが聞こえる。

もう一人の若党が女の猿轡を外そうとするのと、梶山が腰の刀を抜いて身構えるのとが同時だった。猿轡を解いた瞬時に斬りつけすぐさま逃げる算段が、影の動きから察知できた。寸余の猶予もない。

「見たり！」

「許せん！」

染谷の腰の背に差していたのが木刀に似せた仕込みであったのを、このとき初めて忠吾郎は知った。

染谷が仕込みを抜きながら駕籠に向かって飛び込むのと、ふところの匕首《あいくち》を抜いた仁左が野鼠《のねずみ》のごとく突進したのが同時だった。

「出ませいっ、裏仲の人ら！」

叫んだのは忠吾郎だった。同時に鉄煙管をふり上げ、二人につづいた。

この事態に仰天したのは、梶山ら堀川家の若党たちだった。

が、染谷と仁左の飛び出すのが、梶山の動きより一瞬遅れていた。

「ぎゃーっ」

女の悲鳴が聞こえた。

梶山の打ち下ろした刃《やいば》が女の肩から胸にかけて斬り裂いていた。

その背後を走り抜けた染谷の仕込みが梶山の背を斬り、仁左は刀を抜きかけた若党の一人に体当たりするなり脾腹《ひばら》を刺した。

「うっ」

若党はうめき声を上げ、仁左と折り重なって地に倒れこんだ。

梶山の背を裂き走り抜けた染谷は、数歩で向きなおり体勢を立てなおしたが、最初の一瞬の遅れがすべてに響いていた。

斬られた女はよろよろと橋の欄干《らんかん》にもたれかかるなり、川面《かわも》に水音を立てた。

女の影が橋から消えるのを見た忠吾郎は、

「まずいっ」

引っつかむことができなかったのだ。

さっき叫んだ忠吾郎の声に、辛三郎と若い衆が抜刀し駈けつけて来た。そば屋の岡っ引も駈けている。

このあとの忠吾郎の判断はよかった。

「裏仲の人ら、女が斬られて川に落ちた。この場はわしらに任せ救ってくだされっ」

「おぉう」

辛三郎と若い衆は駕籠の横を走り抜け、そのまま川原に飛び下りた。

若党二人が抜刀し、まだ残っている。

四人の陸尺は瞬時の出来事にただ驚愕《きようがく》し、駕籠の担ぎ棒に手をかけたまま茫《ぼう》然《ぜん》となっている。

若党二人は抜刀したものの事態の不利を覚《さと》ったか、

「退けーっ」

「駕籠を残すなっ」

若党の声に陸尺たちはようやくわれに返ったか、

「うへーっ」

駕籠尻が宙に浮いた。それを護るように二人の若党は走り出した。斬られた仲間二人を救う余裕はない。

仁左は匕首を若党の脾腹に残したまま起き上がり、梶山は仕込みを正眼《せいがん》に構えた染谷の前で、

「ううっ」

崩れ落ちた。

が、脾腹に匕首を呑んだまま倒れている若党ともども、まだうごめいている。息絶えてはいない。

「おおっ」

と、それを確認した忠吾郎は駕籠を追うよりも、

「大事な手証じゃ、死なせてはならぬ」

「おお、そうじゃ」

染谷は仕込みを鞘《さや》に納め、梶山の身にかがみこみ、

「死ぬな！」

言うとそば屋の岡っ引に、

「町場の自身番、どこでもよい。大八車を用意してここへ駈けつけさせよ」

「へいっ」

岡っ引は来た道を返した。

仁左は刺した匕首をそのままに、

「おい、大丈夫か」

声をかけた。

「ううっ」

反応はあった。

ふたたび水の流れの音が聞こえて来た。

「どこだ、どこだ」

叫びながら辛三郎と若い衆は川原を幾度《いくど》も転びながら走っていた。

赤羽橋にまで若い衆を配置していなかったのが、迂闊《うかつ》といえば言えた。

四

夜中というのに、増上寺中門前三丁目の弥之市の住処は、まわりの店頭たちが驚くほど灯りが煌々《こうこう》と灯され、人の出入りが激しくなっていた。

医者が呼ばれ、介添役に近くの飲み屋から酌婦《しやくふ》が二人ほど動員され、別室に忠吾郎と仁左が控え、弥之市も、

「赤羽橋が舞台になるなど、まったくわけがわからねえ。それに、あの女の身なりはいってえ……」

と、配下から一人も犠牲を出さなかったことをよろこびながらも、事態の不可解さに首をかしげていた。それは、忠吾郎と仁左もおなじだった。

古川に落ちた女を、辛三郎と若い衆は川原を走り懸命に見つけようとした。しかし、暗い。

将監橋で弥之市に遣わされた若い衆が二人加わり、橋の杭に引っかかっている女を見つけ引き上げた。傷は深いが息はあった。

若い衆の数も増え、すぐさま戸板が用意されたが、その女の姿である。

「ええ、これがあのご大層な駕籠に乗っていた女!?」

辛三郎も堀川屋敷から尾けて来た若い衆も驚いた。若く、下着は紅い襦袢《じゅばん》で安物の厚化粧に髷は結わず束《たば》ね髪だったのだ。

将監橋で見張っていた若い衆も、

「えっ、夜鷹をわざわざ権門で運んで赤羽橋で斬った!?」

声を上げたものだった。

だが、まだ生きている。

「それっ」

と、戸板で中門前三丁目の住処まで運んだのだった。

呼ばれた医者は言ったものだった。

「この傷で川に落ち、よく生きていたものじゃ。引き上げられたのがもう一つ下流の金杉橋だったなら、出血多量に加え水を飲んで溺《おぼ》れ死んでいたじゃろ」

いまは昏睡《こんすい》状態で、

「なに、訊きたいことがあると？　朝まで待ちなされ。それまで心ノ臓が動いていたなら、意識を取り戻すかもしれぬ。ただし、話ができるかどうかは、そのときになってみなければわからぬ」

と、医者の言葉は頼りなかった。

だが、医者は名医だったのかもしれない。別室でなんとか生かしてくれと詰め寄る忠吾郎、仁左と弥之市に、推測の参考になるようなことを言った。

「あの女人《にょにん》、子を孕《はら》んでおる。それでかもしれぬ。生きたいと願う気持ちが、驚くほどに強い。だから、まだ息があるようなものじゃ。重い病に罹《かか》ったり、瀕死《ひんし》の重傷を負ったとき、生きたいとの執念が生死の分かれ目になることが往々にしてあるものじゃ。あきらめのいい人間なら、もうとっくに死んでおる」

「それなら、あの女人は生きる執念が人一倍強い、と？」

医者の言葉に忠吾郎が問いを入れたのへ、仁左が言った。

「子を孕んでいるのは意外でしたが、それ以上になにか、死ねないという執念に似たものがあるのでは？」

「それも考えられる」

医者は言った。

「あの女人の体じゃや。あれは酷《ひど》い」

「なにか？」

忠吾郎がまた問いを入れた。

「ん？　知らなんだのか。顔にこそなにもござらぬが、くびから下は酷い傷じゃ。棒か鞭《むち》のようなものでさんざんに打たれたか、腰のあたりは幾度も蹴られたような」

「なんと！」

「それも、死ぬほどにな。あれはどう診《み》ても、赤羽橋から将監橋までの短いあいだにできた傷ではない」

それらの打撲傷は介添の女二人も見て、刀傷よりもそのほうに思わず顔を背《そむ》け

と。

医者はつづけた。

「それへの恨みかのう。理不尽《りふじん》な仕打ちで、こんなことで死んでたまるか、と。そうした執念も、生きる力になったのかもしれぬ」

「うーむっ」

忠吾郎と仁左はうなり、弥之市は、

「堀川屋敷で、いったい何が？　それが、ここの土手での辻斬りと関わりが？」

つぶやくように言った。

それらの判明には、女の回復を待たねばならない。

「わしも朝まで患者についていてやろう。いつ容態が悪化するか知れぬでのう」

女を寝かしている部屋へ戻ろうとする医者に、

「先生、頼みますぞ」

忠吾郎は声をかけ、仁左も同様の視線を医者に向けた。

このとき同時に、忠吾郎の脳裡には走るものがあった。

（ならばお稲はいったい、なにゆえ屋敷を出て夜鷹に……）

それであった。いま瀕死の女が回復すれば判明するかもしれない。

それへの期待も高めた。

染谷たちはどうしていたか。

忠吾郎が辛三郎と若い衆を川原に走らせた。その場に他の店頭一家の者はいない。

そば屋の岡っ引は大八車の調達に走り、染谷も忠吾郎も仁左も、刀傷の応急処置は心得ていた。傷口を消毒するための酒はなかったが、

「かまわぬ」

着物を裂き出血を抑えるため傷口を固く縛り、若党の脾腹に刺さっている匕首も、

「そなた、相当強く刺しこんだなあ」

「体当たりでござんしたから」

と、三人がかりで抜くと同時に一人が傷口を手で押さえ出血を防ぎ、即座に二人がかりで裂いた着物できつく縛った。

この間も若党二人に意識はあり、悲鳴とうめき声を上げている。

そば屋の岡っ引が近くの自身番の者と大八車を牽《ひ》いて駈け戻って来た。

「それではこの二人、当方にて。生きているうちに、容赦なくできるだけ多くを吐かせます。川に落ちた女人のほう、よろしくお願いいたしますぞ」

「心得た。死体となっておっても、そこから判ることもあるじゃろ」

中間姿の染谷と忠吾郎は交わし、そこで双方は別れ、忠吾郎と仁左は川の流れに沿って走ったのだった。

それは女が死体どころか生きて救い上げられ、ちょうど弥之市一家の住処に戸板で運ばれたころだった。

女の生きていたことを聞かされ、忠吾郎と仁左はホッと息をついたものである。

一方、梶山惣助ら堀川家の若党二人も、瀕死の重傷で、たえだえながらも息はまだあった。大八車を走りこませたのは、近辺で一番大きな神谷町の自身番だった。そこは町場で武家地の堀川屋敷から最も近い自身番である。そこへ運んだのは、染谷にそれなりの思惑があったのだ。

自身番で中間姿の染谷は身分を明かし、町役《ちょうやく》と岡っ引を北町奉行所に走らせ、奉行の榊原忠之に事態を知らせるとともに、医者を呼ぶよりもさきに尋問に取りかかった。容赦はなかった。忠吾郎に言ったとおり、延命よりも吐かせることを優先したのだった。

そこへ奉行の忠之は、多数の捕方を随えた定町廻り同心を遣わし、自身番の周辺を固めさせた。堀川屋敷の者が、奪還に来た場合に備えたのだ。それが忠之の意志だった。決意と言ってもよかった。

定町同心は、奉行から染谷への書状を携《たずさ》えていた。

染谷は開いた。

ただ一行、忠之の自筆である。

――敢《あ》えて吟味に躊躇《ちゅうちょ》すること勿《なか》れ
いま進めているやり方への追認である。

二人とも当初は苦痛に顔をゆがめ、自分の名はおろか屋敷名すら口にしなかった。それればかりか、

「ま、ま、町方の、ふ、不浄役人め。あ、あ、あとで、こここ、後悔するぞ」

傷の痛みを堪《こら》えながら言い、

「は、は、早く、いいい、医者を、よ、呼べ」

しかし染谷は医者を呼ぶ素振りも見せず、強い口調で浴びせた。

「おめえら。誰に命じられた。あるじの堀川右京か、用人の大河原定兵衛か」

染谷は先刻、堀川家の用人の名は承知している。

「げえっ」

手負いの若党二人は驚き、屋敷を出たときから尾けられていたことも、二件の辻斬りが堀川屋敷の家士であることも突きとめられているのを知った。

「だから、おめえさんらの屋敷を張っていたんだよう」

言われれば、観念せざるを得ない。

駕籠を差配し、女を斬った若党の名が梶山惣助であることが判り、脾腹を押さえ苦しんでいる若党の名も、駕籠と一緒に逃げ帰った二人の名も明らかになった。

さらに、女乗物に乗せられていた女の名がお智《さと》であり、堀川家の腰元であることも梶山らは白状に及んだ。

だが、なぜ……。

この時点では、お智が夜鷹のような形《なり》をしていたことは、まだ神谷町には伝わっていない。裏仲の弥之市一家でも、染谷の差配する大八車が神谷町の自身番に入ったことをまだ知らないのだ。それが判ったところで、双方は直接つなぎを取れない立場にある。

別室で脾腹を刺された若党を尋問していた定町同心が、染谷が梶山を尋問している部屋に入って来た。やはり刺し傷は深かったようだ。

「いま、息を引取った」

「ううう」

梶山はうめいた。

「そうか」

染谷はうなずいただけで、なおも医者を呼ぼうとせず、尋問をつづけた。容赦ないというより、巧妙だった。意識を失いかけ、眠ろうとするのを眠らせず、言葉を浴びせつづけた。

「なあ梶山さんよ。おめえら、このまま堀川屋敷へ引き渡してやってもいいんだぜ。だがなあ、こんな中途半端なまま屋敷に戻ってみろい。なにもかもおめえらの所為《せい》にされ、結句はトカゲの尻尾《しっぽ》切りよ。外で勝手なことをし、お家の名を汚したとして、切腹ならまだいいや。悪くすりゃあ、屋敷で人知れず斬首だぜ」

「うう」

梶山はまたうめいた。傷の痛みや息苦しさのためではない。染谷の言葉に対してだった。考えられることだ。あるじの役職は腰物奉行である。首切り浅右衛門に依頼することなく、屋敷内で試し斬りに供せられるかもしれない。

染谷の言葉はつづいた。

「おめえの助かる道は一つだ。なにもかも吐いて、お目付《めつけ》の前で、理由はなにか、誰に命じられたかをはっきりさせるのさ。そうすりゃあ、屋敷内での試し斬りは免《まぬが》れようて。町奉行所がおめえさんを堀川屋敷じゃなく、お目付に引き渡そうにも、ここでなにもかも話してくれなきゃできねえ相談だ」

効果はあった。

「ううう」

梶山はさらにうめき、手を伸ばし、染谷の袖をつかんだ。

なにか話したそうなようすだ。

「医者の手配を」

染谷は町役に命じた。

その声に、土気色になっている梶山の顔に、安堵の色が浮かんだようだ。

「な、なにもかも……殿さまのせいで、お、奥方さまが……悋気《りんき》にて……」

苦しい息のなかに、とぎれとぎれに話しはじめた。

それらをつなぎ合わせると……。

赤羽橋ではよくわからなかったが、お智は名のとおり理智に富み、しかも美形だったという。

奥方付きの腰元であったが、あるじ右京の手がついた。

奥方が察知したとき、そこがお稲の場合とは異なっていた。お智はすでに孕んでいたのだ。

奥方はすぐさま女中頭に命じ、中条流《ちゅうじょう》の医者を呼んだが、

「――流すなど、人殺しとおなじです。わたくし、産みます」

お智は言い張り、中条流の療治を拒絶した。

右京は用人の大河原定兵衛と図り、お智を外に出し妾宅《しょうたく》を設けようとした。養子の右京に対し、奥方がそれを許すはずはなかった。

それからであった。折檻《せっかん》が始まったのだ。

「酷《ひど》い、惨《むご》い、ものだった」

梶山の表情が苦痛にゆがんだのは、折檻の非道《ひど》さに対してであった。手足を縛り、あるいは天井から吊るし、同輩の腰元たちに樫《かし》の棒で打たせ、奥方もみずから打ち据え、腰や腹を蹴ったという。

そのとき、

「悲鳴が、外に洩れぬよう……」

梶山たち若党らは庭で大声を上げて竹刀を打ち合い、それが幾日も、しかも終日つづいたという。右京は屋敷にいられなくなり、そのあいだ城に幾日も泊まりこんだ。それが、周囲には煙たがられるほどの仕事熱心に映った。

それでもお智は一人で必死にお腹の子をかばいつづけ、流さなかった。

そこで奥方と女中頭の由貴路は、恐るべきことを考え出した。

お智の殺害と、その死体の処理である。

「相談を受け、ううう、ご用人さまは、うう、震《ふる》え上がって、おいでだった」

梶山はうめきながら言った。

町場で夜鷹を数人つぎつぎと斬殺し、そのなかにお智の死体を紛れ込ませれば、

「——いずれ夜鷹を狙った辻斬りの仕業で、武家の腰元とは誰も気づきますまい」

と、いうのである。

これにはさすがに隠密同心といえど、聞きながら背筋をぶるると震わせた。

用人の大河原定兵衛も、お家安泰のため同意せざるを得なかった。

そこで実行役に選ばれたのが、

「そ、そ、そ……」

「誰だ」

染谷は梶山の肩をつかみ、激しく揺すった。

医者が来ていたなら、決して許さなかっただろう。

「そ、それがし」

梶山は、うめくような声で言った。

実行すれば、いずれ旗本家に婿養子の口を見つけ、

「――世話いたしましょうぞ。これは殿も同意しておいでじゃ」

奥方が梶山に直接言ったという。

そのすぐあとである。連続して古川の土手で辻斬りの夜鷹殺しが発生した。むろん、手を下したのは梶山惣助である。

ところが、町場の動きに梶山の素性がばれた兆候《ちょうこう》が見られた。

「お、お、奥方さまも、ご、ご用人さまも、お、お慌てになられ……」

きょうの仕儀になったという。

お智に夜鷹の衣装を着《つ》けさせ、町駕籠で運ぶのは危険だから奥方の女乗物に乗

せ、赤羽橋まで運び、そこでさきの夜鷹二人とおなじように斬殺し、古川に流せば増上寺門前の岸辺か、すくなくとも金杉橋の杭《くい》に引っかかるだろう、と……。

それが屋敷を出たときから尾けられていたとは、

「あああぁ。もう、な、なにもかも、終わりだぁぁ」

ひときわ大きな声になり、傷口に響いたか、

「うっ、ううう」

痛んだようだ。

医者が来た。

自身番は町奉行所の管掌《かんしょう》であっても、町が運営している町場の機関である。ここでの尋問内容は、町内で雇用している書役《かきやく》がすべて控帳《ひかえちょう》に記《しる》し、奉行所に提出する。そこから町場に内容が洩れないはずはない。

堀川屋敷は混乱していた。

「馬鹿者!」

逃げ帰った若党二人を、罵倒する大河原定兵衛の声が屋敷中に響いた。

「なれど、手証になるお駕籠は奪われず、持ち帰りましてございます」

若党の言い訳が定兵衛の怒りを倍加させた。

奥方も女中頭の由貴路もただ狼狽《ろうばい》して色を失い、すべてをあるじの右京に打ち明けざるを得なかった。この日、右京は城から戻っていた。

事態を聞くなり右京は仰天し蒼ざめ、震える声で、

「わ、わしは何も知らなんだ。すべて梶山らのやったことじゃ。逃げ帰った若党二人は閉じ込め、陸尺四人は禁足にしろ。夜が明けてから、善後策を考える」

命じると、その場にへなへなと座り込んでしまった。

定兵衛は他の中間たちを、

「梶山らの生死は判らぬが、いずれにせよ町場の自身番に収容されていよう。どこか探ってまいれ！　赤羽橋のようすも見て来るのじゃ」

と、夜の町場へ走らせた。

赤羽橋へ行くには神谷町を通る。そこの自身番が慌ただしい動きを見せている。すぐに気づくだろう。

五

夜中に一度、意識を取り戻しかけた。

お智である。

介添の女の知らせで、忠吾郎、仁左、弥之市たちは、

「おっ」

と、腰を上げた。

部屋に入ると、医者が脈を取っている。

運びこんだときには土気色だった顔に生気のいくらか戻っているのが、素人目《しろうとめ》にもわかる。

「おおぉ」

と、三人は寝かされている女の枕元に座ろうとしたが、

「まだ眠っておる。起こしちゃいかん。助かるものも助からなくなるぞ」

医者が言うので、三人はまた別部屋に戻らねばならなかった。

出しな忠吾郎が、

「容態は？」

「わからん。夜明けごろにはのう。したが、この打ち身じゃ。それだけで相当体力を消耗しておるでなあ」

医者は応えた。

夜明け近くになった。

忠吾郎と仁左が仮眠から目を覚まし、ふたたび手燭を持って女の寝かされている部屋に入った。行灯《あんどん》の灯りのなかに、医者が相変わらず脈を取っている。介添の女二人は部屋の隅でだらしなく眠っていた。無理もない。昨夜動員されてから、まったく寝ていないのだ。医者の表情も疲れ切っているのが、行灯と手燭の灯りでもわかる。

「おっ」

声は医者だった。

女がわずかに身動きし、かすかにうめき声を洩らしたのだ。

忠吾郎と仁左は、

「おおっ」

と、手燭を持ったまま枕元に座り、

「そなた、名はなんという。出自《しゅつじ》は？　堀川屋敷でなにがあった！」

「これこれ、そんなに多く一度に訊いてはならん。名前くらいならわしが訊いておくゆえ、おとなしく待っていなされ」

言われたが、つぎの動きを待つように、忠吾郎と仁左は女の枕元を動かなかった。

すぐだった。目は開けなかったが、女はまたかすかにうめき声を上げた。意識が戻っているようだ。

「そなたは助けられたのじゃ。安心せい。名はなんという」

医者の静かな問いに女は、

「……サト……」

応え、また眠りに入った。

「サト……だな」

「さあ、いまはここまで」

忠吾郎が言って仁左とうなずきを交わしたのへ、医者がまた制止した。

夜が明けた。

間もなく日の出を迎える。

忠吾郎も仁左も、弥之市の横で仮眠に入っていた。

若い衆が起こしに来た。部屋の一方が明かり取りの障子《しょうじ》で庭に面しており、行灯はもういらなくなっている。

玄関に来客らしく、若い衆が部屋に入って来た。

「金杉橋の浜久の旦那が来て、相州屋さんか羅宇屋さんがいらしたら、呼んでもらいてえ、と」

「浜久の旦那？」

日の出前に来るなど尋常ではない。

「あっしが」

「わしも行こう」

仁左が起き上がって玄関に向かったのへ、忠吾郎もつづいた。浜久で忠之と談合したとき、染谷結之助も一緒だった。

（あるいは）

思ったのだ。

なかば、合っていた。

浜久の亭主・久吉が玄関に、こんな日の出前にわけが解らんといった表情で立っていた。口上は、

「浜久《うち》にお客があり、お二人のどちらか、ここにいらしたならすぐ来てくれ、と。いなければこのまま札ノ辻まで走るつもりだ、と」

「誰が」

「昨夜のそば屋だと言ってもらえばわかる、と」

「なに!」

二人は眠気を吹きとばした。染谷についていた岡っ引である。隠密廻り同心の染谷はいま、手が離せないのだろう。

「ならばあっしが」

仁左が土間に飛び下りた。これが中間姿の染谷なら、忠吾郎が行くところであろう。

古川の土手に沿った往還を、久吉と急ぎながら仁左は思った。

(なるほど、隠密同心が中間姿で浜久に来るはずがねえ)

浜久では、榊原忠之や染谷結之助の顔は知っていても、その身分は知らないのだ。

「なんなんですかねえ。昨夜、なにかあったのですか。屋台のそば屋さんがこんな時分に。まさか辻斬り？」

「まあね」

「えっ、まあねって」

久吉は驚いたように言う。赤羽橋の一件は、まだ広まっていないようだ。

弥之市一家の住処から金杉橋は近い。話しているうちに、金杉橋に出た。そこでちょうど日の出を見たが、人もすでに出ている。

浜久は雨戸が一枚開いているだけだった。

そこから店場に明かりが射している。

奥の座敷には入らず、店場の縁台での話になった。この時刻、出るのはお茶だけである。久吉もお甲も座をはずした。このときはじめて、そば屋の岡っ引が玄《げん》八《ぱち》という名であることを知った。

玄八は、

「あのあと、大八車を神谷町の自身番につけやしてね」

「えっ、神谷町？」

仁左が問い返したのへ、

と、玄八はそれからのようすを語った。

サトという名が、玄八の言った〝お智《さと》〟と一致している。お智の全身にある打ち傷も、玄八の話と一致する。若党の一人はすでに息を引取り、

「梶山惣助なる者は、まだ生死のあいだをさまよっておりやす」

「お智も……」

おなじである。

さらに、

「金杉橋《ここ》へ来るのに赤羽橋を通って来やしたが、地面や欄干の血の跡はそのままで、もう人が出て取り巻いておりやしたぜ。それに神谷町の自身番の周辺を侍や中間がうろつき、あとを尾けると、いずれも堀川屋敷のやつらでした。自身番の前にもすでに町のお人らが集まりかけておりまさあ」

「ふむ」

仁左は得心したようにうなずいた。神谷町の住人は陽が昇るにつれて堀川屋敷の混乱ぶりに気づき、人の動きとともに赤羽橋の血痕の話も伝わるだろう。人々はそれを古川の土手での夜鷹殺しと関連づけるはずである。さらに自身番から、

「さようで」

控帳の内容が洩れ出てくる。そこに神谷町の自身番を選んだ、染谷結之助の思惑《おもわく》があったようだ。堀川屋敷は、古川の辻斬りを隠れ蓑《みの》にするつもりだったのが、逆に町奉行所の探索と世間の猟奇的な目を呼びこんでしまうことになる。

だが、堀川屋敷に打つ手がなくなったわけではない。

別れ際、玄八は言った。

「うちの旦那が、これからしばらく浜久《ここ》をつなぎの場にしてえ、と」

「そいつはいい。相州屋の旦那から頼んでもらっておきやしょう」

仁左は応え、弥之市一家の住処に急いだ。

途中の浜松町は朝の町場の活気を見せているが、一歩中門前に入ると、やはり門前町の裏手か、まだ物憂《ものう》い気だるさに包まれている。

だが、弥之市一家の玄関口は張りつめた空気が満ちていた。

仁左はそこに飛びこんだ。

「おぉ、戻ったか」

と、忠吾郎はお智が寝かされている部屋で待っていた。医者も弥之市もそこに座している。仁左が神谷町のようすを報告するため忠吾郎を別部屋にうながそうとするよりも早く、忠吾郎はお智を手で示し、

「さっき、逝《い》ってしもうた。だがな、この先生が最期に聞き出してくれた。実家は前島《まえじま》家といい、作事方小役《さくじがたこやく》で組屋敷は市ケ谷《いちがや》御門小石川《こいしかわ》のほうだ、と」

線香も灯明《とうみょう》もまだだが、顔には白い布がかけられていた。

「さようですかい」

と、仁左は解した。

作事方小役といえば、旗本に違いないが役務は城内の壁や屋根、調度品の修繕係りで、五十俵取りか六十俵取りの微禄《びろく》で、裃《かみしも》を着けることは許されず、羽織でも外に出れば二本差だから武士である。組屋敷にも中間や女中の奉公人を置いて体面を保たねばならない。それら奉公人には内職をさせ、庭には二間《ふたま》つづきか三間つづきの長屋を建てて町人に貸し、家賃収入を得てやっと武士の顔をしておられる小旗本《こっぱたもと》である。

お智はそうした家の出だった。八百石の大身のあるじや奥方からは、〃物〃にしか見えなかったのかもしれない。

(だから虫けらのごとく……)

仁左の胸中にはあらためて怒りの念がこみ上げ、お智の顔にかけられた白布をそっとめくり、合掌した。

忠吾郎はむろん、弥之市とて武家社会の微禄の者がどのような生活か知っているだろう。

「大八車で運ばれた奴らのその後が判りやしたぜ」

仁左はその場で、玄八から聞いた内容を披露した。

忠吾郎はじっと聞き入り、弥之市は、

「くそーっ。あの夜鷹殺しはそのようなからくりだったのかい。まるで夏の虫を踏みつぶすみてえによ。許せねえぜ、あの八百石の旗本！」

温和な丸顔が、忠吾郎の達磨顔に似た形相になっていた。その背景の異常さに、夜鷹殺しが発端となって店頭同士の抗争を呼ぶことへの懸念など、遥《はる》かなたに吹き飛んでしまっている。

忠吾郎の念頭にもすでにそれはなく、

「羅宇屋さん。すまねえがひとっ走り、お智の死を神谷町の自身番に知らせてやってくれねえか。向こうの新しいようすも見て来てくんねえ」

ひとっ走りといっても、増上寺門前町を出て愛宕山下を抜けなければならない。半刻（およそ一時間）近くはかかろう。

「がってんでさあ」

仁左は弥之市一家の玄関を飛び出した。互いに刻一刻と変わる現在《いま》のながれを共有するため、染谷結之助にお智の死を知らせ、作事方小役前島家の組屋敷の所在を確かめる必要があるのだ。

走った。

染谷はまだ神谷町の自身番にいた。金杉橋から戻った岡っ引の玄八から、お智が生きていることを聞き、

腰切半纏《こしきりばんてん》の職人姿だから動きやすい。

「うむ。それはよかった。よかったぞ」

と、よろこんだ。そのよろこびが大きかったのは、なんの因果《いんが》か仁左が弥之市一家の住処に戻ると、お智が息を引き取っていたように、玄八が神谷町に戻ったとき、辻斬りを実行した梶山惣助もまた、息をしていなかったからだった。

そこへ仁左が飛びこみ、お智の死を知らせたのだった。

「なんと!」

染谷は愕然《がくぜん》とした。

これで生き証人を、すべて喪《うしな》った。

そのことは、神谷町自身番の控帳にも記された。

しかし控帳には、梶山の証言した堀川屋敷の罪状が慥《しか》と書きこまれている。

六

仁左が弥之市一家の住処に帰って来たのは、午《ひる》すこし前だった。神谷町を往復するには時間がかかり過ぎている。

忠吾郎が心配げに、

「なにかあったのか」

「へえ、梶山とぬかした若党、逝っちまいやした」

「なんだと!」

やはり仁左の報告に、忠吾郎も肩を落とした。弥之市も同様だった。

仁左は報告調の言葉をつづけた。

「昨夜の中間さんにつなぎをとり、そこを通じて市ケ谷の作事方組屋敷の前島という小役を確認してもらっておりやした」

確かに染谷はまだ中間姿で、〝そこを通じて〟のそ、こ、とは、北町奉行所のことである。それで遅くなったのだった。

市ケ谷の組屋敷に、確かに微禄の前島家はあった。あるじは源右衛門《げんえもん》といった。

仁左は思いつめたようにつづけた。

「あっしがちょいと行って、前島源右衛門さまにお智さんの死を知らせて来まさあ。堀川屋敷は引取らねえでやしょう。このままここで無縁仏にするにゃ忍びねえや」

そのとおりである。弥之市も望むところだ。

「事情は隠さず、すべてを、な」

「へえ」

忠吾郎が言ったのへ仁左は返し、重い足取りで弥之市一家の玄関を出た。

神谷町や増上寺は江戸城の南側に位置し、市ケ谷は東側にあたる。

作事方小役の組屋敷は、武家地には違いないが、質素というより粗末な板塀がつづき、門はあまり大きくない板戸の冠木門《かぶきもん》で、庭に余裕があるのには、微禄の者は借家をつくって町人から稼げと言っているようで皮肉な印象を受ける。実際、前島家はそうしていた。

おそらく前島家では、娘を嫁に出すときはもうすこし禄のあるところへと願い、伝手《つて》を頼ってお智を八百石の堀川家へ腰元奉公に出したのであろう。

その結末を、仁左は前島家へ伝えに行こうとしているのである。

源右衛門は非番で組屋敷にいた。

職人姿のまま仁左は鄭重に、作事方小役夫婦の前に端座し、

「手前のような者がお知らせに上がるのは奇妙に思われましょうが……実は、お智さまには、けさ早くに身罷《みまか》られ……」

と、堀川屋敷での経緯《いきさつ》から赤羽橋での事件、いま増上寺門前の店頭の住処に亡《なき》骸《がら》のあることを、順序立てて詳しく話した。

（それがお智さんへの、せめてもの供養）

仁左は確信している。

話しているあいだ、源右衛門と内儀《ないぎ》の顔は蒼ざめ、

「お屋敷で殿のお手がついたことは、聞き及んでおった」

と、絞《しぼ》り出すような声は、源右衛門であった。

だがその後の経緯は、いま初めて知ったようだった。

屋敷での折檻と赤羽橋の事件には、

「ううううっ」

肩を震わせ、内儀はさらに膝に置いた両の拳《こぶし》をぶるぶると震わせ、堪《こら》えても流れる涙をぬぐおうともしなかった。

源右衛門が中間を一人ともない、武士の体面をととのえて仁左とともに増上寺門前の弥之市一家の住処に訪《おとな》いを入れたのは、その日も夕刻近くになってからだった。内儀はこのとき、組屋敷で足腰が立たなくなっていた。

弥之市一家が部屋を清掃し、お智には死化粧をほどこし、文机《ふづくえ》ではあるが灯明を灯し、線香の煙が満ちていたのには、仁左は弥之市に感謝した。

源右衛門はお智の遺体の枕元で、意外なことを言った。

「娘はすでにわが前島家を出た身なれば、願わくはこの地で無縁仏として葬っていただけまいか」

「えぇえ……」

枕元に同座していた弥之市と辛三郎は声を上げた。

思いもよらぬ、父親の言葉である。

だが、忠吾郎と仁左には理解できた。

蔵前取《くらまえど》り五十俵という小身の者が、八百石の知行地を持つご大身に遠慮するというより、

（恐れている）

経緯を知った以上、これ見よがしの葬儀など、後日、どのような災禍《さいか》が降りかかって来るかしれない。

源右衛門はぽつりと言った。

「なれど、身勝手ながら、遺骨だけはわが方に……」

弥之市は忠吾郎にうながされ、

「その儀、承知いたしましてございます」

返した。

だが、前島源右衛門が帰ってから、

「惨《むご》い、惨すぎやすぜ！」

丸顔を崩し、圧し殺した声でつぶやいた。源右衛門がそうしなければならなかった断腸の思いに対してである。

お智の遺体を前に忠吾郎は、

「お稲も斬られて無縁仏になったが、なぜ夜鷹などするまえに、わしのところへ戻って来なかったのかのう」

抱いていた疑念をぽつりと舌頭に乗せた。

すると弥之市が、

「えっ、札ノ辻の。まだ知らなかったので？　話して差し上げろ」

と、辛三郎に目を向けた。

忠吾郎は辛三郎を凝視し、仁左もそれにつづいた。

お稲の朋輩《ほうばい》だった妓《おんな》から辛三郎は聞きこんでいた。

お稲は朋輩に言っていたらしい。

「──あたし、盗みなんかしていない」

堀川屋敷で、やはり右京はお稲にも手をつけていた。

それに勘づいた奥方は激怒し、お稲を屋敷から放逐《ほうちく》した。だが、お稲が相州屋に戻ったのでは屋敷の不始末がおもてになり、はなはだまずいことになる。そこで女中頭の由貴路がお稲に告げたという。

「──おまえは屋敷で奥方さまの大事なものを盗んだのじゃ。だから放逐したと相州屋には話しておく。おまえはもう相州屋には戻れぬ。これは奥方さまからの恩情じゃ。どこへなりと行ってしまえ。よいな」

と、裏門を出るとき、一月《ひとつき》ほどは暮らせる金子《きんす》をたもとに入れてくれた。

お稲にすれば、盗みをした女などと相州屋に告げられたのでは、

（――もう戻れない。忠吾郎旦那も許してくれまい）

思う以外になかった。

もらった金子はなくなり、そこで古川の土手にながれ、似たような女に助けられ糊口《ここう》をしのいでいたというのだった。

そこを梶山惣助に、お稲と気づかず斬殺されたことになる。

聞き終え、

「馬鹿だ、お稲は！　わしが信じてやらないとでも思うていたか」

思わず忠吾郎は握り締めていた両手を震わせた。

陽が落ちてからだった。

身分はわからないが、武士姿の人物と脇差を帯びた遊び人のような男、それに達磨顔の忠吾郎と目つきの鋭い羅宇屋の仁左の四人が、浜久の奥の部屋であぐらを組み対座していた。あるじの久吉の配慮で、手前の部屋は空き部屋にしている。

「このまえもそうだったけど、いったいどんな組合わせなんでしょうねえ。羅宇屋さんまで一緒になって」

「お客さまの詮索をしてはいけません」

仲居が言ったのを女将のお甲がたしなめていた。

奥の部屋では北町奉行の忠之と忠吾郎が、

「ほおう、この仁が染谷の言っておった羅宇屋か」

「なかなか頼りになる人物でしてなあ」

初対面の忠之に引き合わされたのへ、

「へえ。ご高名はかねがねうけたまわっておりやす」

と、仁左がぴょこりと頭を下げ、その身分も聞いていることを示す挨拶を返し、すぐさま四人の話題はきょうの出来事に入った。

忠之も低く声を落としている。

「さすが八百石で腰物奉行と言えようか、打つ手が早い。見事なものじゃった」

堀川右京はさっそく若年寄を通じて老中に手をまわし、北町奉行所に送られていた自身番の控帳の中味を調べていた。

ちなみに腰物奉行は若年寄の差配で、町奉行所は老中が管掌している。

自身番の控帳の内容を知って、右京は愕然としたことであろう。すべてが正確なのだ。さっそく右京はおもて向きに言った。

──当屋敷に二名ばかり、不埒《ふらち》な奉公人がいたゆえ放逐した。町場でその者らがいかなる所業を働こうと、すでに当家に一切関わりはない
梶山ともう一人の若党の遺体は、堀川屋敷には引取られない。神谷町の自身番が町の負担で無縁仏にする以外にない。

堀川屋敷はさらに言った。

──さきに放逐した二名に、感化されている者がさらに二名ばかり判明し、これらはすでに当屋敷にて拘束し、屹度《きっと》糾弾し適切に処置するであろう
証拠を押さえられないようにと、空駕籠を護って逃げ帰った二人のことである。秘かに殺されるかもしれない。四人の陸尺は屋敷内で禁足となり、それがいつまでつづくかはわからない。

古川の土手での夜鷹殺しも、赤羽橋での腰元殺害も、すべて町場で起こった事件である。しかし、町奉行所の探索はこれで不可能となった。町方の手は、武家屋敷には及ばないのだ。

しかし老中も若年寄も、

「堀川右京を糾弾することはなかろう。処分などすれば、町場にながれている控帳の内容が、正しかったことを証明するものになってしまうからのう」

「そういうことになりますなあ」

忠之の言ったのへ、肯是《こうぜ》の言葉を入れたのは忠吾郎だった。

「したが……」

忠之はつづけた。

「このままじゃ、収まらぬ者が大勢いよう」

「むろんでさあ」

即座に返したのは仁左だった。

「そうだろう。町場で始末をつけようとする者がいても、もはや奉行所の手を離れた案件じゃ。奉行所はその者に探索の手など出さぬ。のう、染谷」

と、忠之の視線が忠吾郎と仁左から染谷に向いたとき、

「はっ。その始末には合力したいくらいでございます」

染谷は応じるように返した。

「………」

忠吾郎は無言のうなずきを見せた。

帰り、闇の空洞となった街道に、仁左が浜久で借りた提灯で足元を照らし、札

ノ辻へ歩を踏んでいた。忠吾郎と肩をならべている。

「旦那、やりやすかい」

「ふふふ、ふふふふ」

仁左に言われ、忠吾郎は不気味な笑いを返した。

「旦那が口入れしなすった、お稲さんとやらの敵討《かたきう》ちにもなりやすが、夜鷹になった経緯は札ノ辻には……？」

「憐《あわ》れ過ぎて言えるかい。とくにお沙世など、話せばまた自分で堀川屋敷へ乗り込むと言い出すかもしれねえ」

「もっともで。あの娘、名前と顔に似合わず気が強いようでやすからねえ」

吐き捨てるように言った忠吾郎へ、仁左はうなずきを返した。

二人の足は、もう田町に入っていた。

三　うわなり打ち

一

増上寺のすこし前は東海道である。

一日でうわさは広がる。

忠吾郎と仁左が提灯の灯りを頼りに、浜久から帰って来た翌朝だった。蠟燭《ろうそく》の流れ買いのおクマと付木売りのおトラが、

「ねえ。一緒に寺町のほう、まわっておくれよ」

「ほんとうなんだから。ありゃあ赤子の足跡さ」

せがむように言いながら、寄子宿《よりこやど》の路地から出て来た。

むろん、婆さん二人に頼みこまれているのは、羅宇屋の仁左である。

きのうは話す機会がなく、おクマとおトラはきょうこそはと思っていたのだ。

だから朝の井戸端で、

「――なんだったんだよう、きのうは」

「――ほんと、仁さんを待っていたんだから」

と、顔を洗う桶《おけ》を小脇に仁左をつかまえ、

「――あの小さい足跡、どう見たって水子《みずこ》だよう」

「――そう、この世に産声《うぶごえ》を上げられず、それであの坂に出て来たんだよう」

訴えるように話した。

三田寺町の幽霊坂に出たという幽霊の話だ。まだおクマとおトラはそこにこだわっている。しかも真剣な表情だ。

坂道に足跡が点々とついていて、それが赤子のように小さく、きっと水子として流され、この世に出て来たくて寺町の幽霊坂に足跡をしるしたというのだ。

「だからさあ、逆にこっちが引きこまれてしまわないかと、怖いんだよ」

「煙草の脂《やに》の臭いがすれば、嫌がって出て来ないかもしれないから」

みょうな理屈をつけ、一緒に行ってくれというのだ。

だが仁左にすれば、

「俺にだって都合がよう」

と、きょうは堀川屋敷と夜鷹殺しの顛末について、うわさがどれだけ正確に伝わっているか確かめるため、増上寺門前に近い街道筋の浜松町一帯をまわる算段でいる。

だが、行くまでもなかった。

街道に出ると、まだおクマやおトラが出かけるまえの朝のうちというのに、向かいの茶店の縁台に人だかりができていた。

「ねえねえ。それで、それで？」

と、人囲いのなかから聞こえて来たのはお沙世の声だった。

「あ、話してる」

「きっと水子の話だよ、幽霊坂の」

おクマとおトラは急ぎ足になり、

（ほっ。ようやく伝わって来たか）

と、仁左も背の道具箱に音を立てた。

はたして人囲いのなかは、仁左の思ったものだった。

縁台に座って話しているのは、浜松町の荷運び屋の番頭だった。みずから大八車を牽《ひ》くこともあり、いつも向かいの茶店の縁台でひと休みしてゆく常連で、きょうは車なしだった。お沙世もその番頭が浜松町の住人であることを知っており、

「その後、辻斬りは出ませんか」

と、お茶を出したとき、話しかけたのだった。

すると、

「いやあ、すげえ騒動になっているぜ」

と、荷運び屋の番頭は待ってましたとばかりに話しはじめ、その声がまた大きかったものだから、

「えっ、また出た？」

「なに、捕まったが殺された⁉」

往来人が足をとめ、たちまち人囲いができたのだ。

「えっ、また辻斬り？」

「幽霊の話じゃなかったの」

と、細めのおトラが人囲いをかきわけてそこに太めのおクマがつづき、仁左も道具箱を背に二人のうしろに立った。

荷運び屋の番頭は得意になって話している。

「場所はよ、ちょいと川上に移って赤羽橋さ。それも大勢の侍《さむれえ》で女が殺され川に落ち、助《たす》け人《びと》が幾人も出て侍どもを追いかけて捕まえ……」

「ほうほう、それで」

人囲いから声が飛ぶ。

「増上寺裏手の神谷町さ。そこの自身番に引かれ……」

「そ、それでどうなったい」

「黙って聞け。いまこの人が話してんだ」

「そうよそうよ」

野次馬同士の応酬《やりとり》になり、

「さあ、さきをつづけて」

お沙世の声に、荷運び屋はふたたび話しはじめた。

「その侍どもよ、ほれ、お歴々の屋敷がつらなっている愛宕山向こうの武家地のよ、堀川右京ってえお屋敷の若党だと白状したらしい」

「えぇえ、そこまで判った!? それで?」

「ところが堀川屋敷じゃ知らぬ存ぜぬの一点張りで、相手が武家じゃお奉行所も手が出せねえ。川に落ちた女も、捕まった若党どもも死んじまってよ。なにもかもお手上げだってよ。赤羽橋に駈けつけ、夜鷹殺しの若党どもに斬りつけてとっ捕まえた人らが悔しがっていなさるそうな」

「くそーっ、赤羽橋は武家地じゃねえぜ」

「そうよ。お奉行所、だらしない。で、お助けのお人らはどこのどなた」

「それがよ、聞いて驚くじゃねえか」

「どなたでえ」

「うるせえ、黙ってろ」

また野次馬同士の応酬になり、

「増上寺ご門前の店頭《たながしら》でよ、裏仲一家の人らっていうぜ」

「えぇえ。裏仲って、弥之市親分じゃねえか。門前町でも一番すみっこの」

言ったのは、いつも門前一帯をまわっている小間物の行商人だった。

事実と異なる部分もあるが、

（ふむ。話はほぼ正確に伝わっているな）

仁左は確信した。〝堀川屋敷〟の名が、慥《しか》と語られているのだ。

同時に思った。

(どうやら、弥之市一家の者がながしているな)

しかし、それはそれで忠吾郎にも仁左にもありがたいことだった。科人《とがにん》を世間にさらすという目的に沿っている。発端となった屋敷内の真相も、やがてながれることになるだろう。

「おっと、いつまでもここでこうしちゃおられねえ。お得意先まわりの途中でござんして」

荷運び屋の番頭は湯飲みを縁台に置き、

「ともかくお奉行所への不満が、増上寺の一帯に渦巻《うずま》いていまさあ」

と、立ち上がり、

「へい、ご免なすって」

「番頭さん、またいらしてくださーい」

お沙世の声を背にした。

奉行所への不満、すなわち武家である堀川家への怒りだ。

人囲いが散りはじめたなかに、

「よし、門前町だ。裏仲のほうもまわろうぜ」

「愛宕山向こうの武家地もよ」

小間物の行商人が言ったのへ、貸本屋がつづけた。

おクマとおトラは、

「恐ろしいよう。お稲ちゃんまで、もう幾人死んだんだよう」

「もう怖くって、増上寺のほうはしばらく鬼門だよ。南無阿弥陀仏《なむあみだぶつ》、南無阿弥陀仏」

と、人囲いから離れ、すぐうしろにいた仁左におクマが、

「仁さん、あたしらは三田の寺町のほうへ」

「いや。俺は増上寺のほうへ」

返した仁左の胸中は、増上寺門前より愛宕山向こうの武家地、堀川右京の屋敷にあった。周辺の地理を詳しく調べ、

（できれば屋敷内に入り、裏庭の縁側であるじの右京や用人の大河原定兵衛の面《つら》を確かめ、できれば奥方の顔も……）

思っているのだ。

念頭には浜久で昨夜、〝町場で始末をつけようとする者がいても……奉行所は探索の手など出さぬ〟と言った、榊原忠之の言葉が渦巻いている。北町奉行が、

『やれ』

と、示唆《しさ》しているのだ。

大旦那がそう言えば、相州屋の旦那は〝ふふふ〟と、受ける意志を示した。

仁左は相州屋の寄子になっていても、配下ではない。

だが、

(助《す》けさせていただきやすぜ)

と、きのう金杉橋から忠吾郎と夜の街道に歩を踏みながら、すでに意は決しているのだ。〝闇奉行〟への、助役《すけやく》である。

「ちょいと仁さん。なに考えてんのさあ。さっき約束したじゃないか。一緒に行ってくれるって」

仁左の袖《そで》を、細身のおトラがつかんで引っ張った。

(裏仲の弥之市一家にしばらくうわさをながしてもらい、それから策を練る。旦那もそう考えておいでのはず)

仁左は脳裡に展開させ、背の道具箱にカシャリと音を立てた。忠吾郎が急いでコトを起こす気なら、道具箱を背に寄子宿を出るまえに声をかけられていたはずである。

「ま、しょうがねえか。三田寺町の幽霊坂に、脂《やに》の臭いをしみ込ませておくか」

「あら嬉しい」

「さあ」

太めのおクマが仁左の道具箱をうしろから押し、細めのおトラがまた袖を引っ張った。

人囲いのなかに仁左がいたのに気づいたお沙世が、呼びとめようとしたところへ、

「おう、お沙世ちゃん」

と、声をかけたのは忠吾郎だった。

蠟燭の流れ買いのおクマ婆さんと付木売りのおトラ婆さんに挟まれるように、羅宇屋のカシャカシャという音が、街道を増上寺とは逆の南方向へ遠ざかって行った。

二

お沙世はふり返り、

「あら、お向かいの旦那。さっき浜松町の荷運び屋の番頭さんが」

言いながら向かいの相州屋のほうへ駈け寄ろうとしたところへ、

──ガラガラガラ
大八車が通り過ぎた。

まだ土ぼこりの残っているなかに駈け寄るお沙世に忠吾郎が、

「ああ、聞いておったよ。おもての縁台じゃなんだ。ちょっと寄って行きねえ」

「は、はい」

背後にあごをしゃくったのへお沙世は返し、

「お爺ちゃん、お婆ちゃん。ちょいとお向かいさんへ」

ふり向いて声を投げ、忠吾郎につづいた。もっと詳しい話が聞けると思ったのだ。

帳場格子の中には番頭の正之助が座って帳面をめくっており、忠吾郎は板の間に上がってあぐらを組んだ。お沙世はそこに腰を下ろし上体をねじり、

「旦那、きのうも仁左さんと一緒に遅かったようですが」

と、自分のほうから問いかけた。

「そのことよ、お沙世ちゃん。さっきの縁台での話、そのとおりなんだ」

「えっ、やっぱり。だったら旦那、誰か言ってたように、赤羽橋も古川の土手も

町場なのに、お奉行所はだらしないじゃありませんか。ねえ、旦那ならなおさらそうお思いでしょう！」

憤懣《ふんまん》を受けとめてもらいたいようなお沙世の口調に、忠吾郎はゆっくりと返した。

「もちろん、思うさ」

「でしょう、でしょう」

言いながら上体を前にせり出すお沙世に、忠吾郎はつづけた。

「実はな、赤羽橋の一件のとき、仁左どんと一緒に裏仲の住処《すみか》に詰めておったのじゃ。まっことと、弥之市親分はよくやってくれた。それに、昨夜はおめえの実家の浜久に寄っていて、帰りが遅くなったのさ」

「え、兄のところへ？」

「そうさ。わしの知り人に、お武家の事情に詳しい人がいてなあ。さっき縁台で話していた、堀川屋敷の内情を聞いておったのじゃ」

「えっ、どんな」

お沙世はさらに真剣な表情になり、眼前の達磨《だるま》のぎょろ目を見つめた。

忠吾郎は語った。それは堀川家の若党であった梶山惣助が白状し、神谷町の自身番に記された内容そのものであった。

この話も早晩、神谷町を発信地に江戸市中へながれ出すことだろう。すでにながれているのであろうが、まだ市中には直接的な斬殺と裏仲の弥之市一家の活躍の話のほうが先行し、堀川屋敷の内実までは語られていないようだ。

一連の殺しの原因となった話が詳しくながれ出れば、諸人《もろびと》の堀川家への怨嗟《えんさ》は嵩《こう》じ、糾弾《きゅうだん》を求める声も高まるだろう。

忠吾郎にすれば、そのための正確なうわさを江戸市中に広めたい。仁左が睨《にら》んだとおり、忠吾郎はそのなかにじっくりと腰を据え、機会を狙う算段でいた。

しかし、

（どのように）

その策は……まだない。

ともかく正確なうわさ流布《るふ》の一環として、いまお沙世に話しているのだ。茶店の縁台が発信地になれば、それだけ早く東海道一円へ伝わるだろう。

「えぇえ、そんな！」

堀川屋敷の所業に、お沙世は愕然《がくぜん》となり、

「ゆ、許せませぬ！」

表情が極度に険《けわ》しくなった。

「女を、女をまるで石ころのように！　そうじゃありませんか、旦那！」

語調にも熱気を帯び、逆に乗り出していた上体をもとに戻した。

奉行所への非難はもう出なかった。手の及ばぬことを承知しているのだ。

だが言った。視線は達磨の忠吾郎から離れ、空《くう》の一点を見つめている。

「お稲ちゃんたち、女で土手に出ていただけで殺され、お智《さと》さんとやらは孕《はら》んだために奥方に殺され……」

視線が忠吾郎に戻され、

「女だからですか！　だから、虫けらのように……誰も、助けてくれない……。殺されても……」

「お沙世ちゃん……」

と、お沙世の反応は、忠吾郎の意図とはまったく異なる、予期せぬものだった。

「ならばあたしが、見せてやります。お江戸には、こんな女もいるんだ、と」

まさか、堀川屋敷へ討入るというのではないだろう。その分別はあるはずだ。

忠吾郎は返答に困り、

「いったい、お沙世ちゃん、なにを」

「あたしが被《こうむ》った、三年子無きも、おなじです。女を、物扱いにして……」

「そ、そりゃあ……」

「ほら、ご覧なさい。旦那もおなじようなことを。あたし、やります」

「だから、なにを」

「うわなり打ち」

「えぇえ！」

驚きの声は、帳場格子の中にいた番頭の正之助だった。

忠吾郎もむろん、

「そ、それを、お沙世ちゃんが⁉」

仰天した。

しかしお沙世には、その条件がそろっていた。

お沙世が三年前、嫁いだのは武家だった。といっても、黒鍬之者《くろくわもの》だった。黒鍬組といえば、殺されたお智の実家である作事方と似ており、江戸城内の清掃がおもな役務だった。だから〝黒鍬〟であり、黒鍬之者の俸禄《ほうろく》は、作事方小役の前島家とおなじ五十俵前後だった。

お沙世の嫁いだのは組頭《くみがしら》の家で、組屋敷ではお頭《かしら》と呼ばれ、百石取りの家格だった。しかし、裕福というわけではない。裃《かみしも》の着用が許され、それだからこそ体面を保つため出費は多く、内証はむしろ五十俵、六十俵取りの家より火の車だった。

文化文政期や天保期になると、そうした武家が商家から持参金付きの嫁を迎えるのは珍しいことではなくなっていた。

金杉橋の浜久でも、黒鍬之者の組頭の家からお沙世を嫁にと話があったとき、両親はよろこび、二つ返事でずいぶん無理もしたものだった。

嫁に行って間もなく両親は他界し、兄の久吉が浜久を継いで店は順調だったのだが、お沙世は三年たっても子に恵まれず、実家に戻されたのだ。

このとき、もし先妻を追い出した婚家が数日で、あるいは一月《ひとつき》も経ずして後妻を入れたらどうなるだろう。出された先妻は悔《く》しさ百倍となるだろう。そのまま泣き寝入りか……。

白日のもとに無念を晴らし、女の一分《いちぶん》を立てる方途があった。

〝うわなり打ち〟である。ちなみに、後妻や妾《めかけ》のことを〝うわなり〟といった。

祖父の久蔵《ひさぞう》はお沙世が出戻って来たとき、忠吾郎に言っていた。

「──お沙世は死んだ二親《ふたおや》に申しわけないと布団をかぶり、一日中泣いておりましたじゃよ。そりゃあわしらも悔しゅうて、悲しゅうて」

組頭の家が後妻を入れたのは、お沙世を離縁した二日後だったのだ。それも組下の黒鍬之者の家からで、お沙世もよく知っている娘だった。

ということは、その婚家ではお沙世を離縁するまえから、後妻を決めていたことになる。それがお沙世にはなおさら悔しかった。

驚きながら忠吾郎は、

(理はある)

思ったものの、それは鎌倉時代に家を護るのは女の役目といった思想から生まれた風習で、室町時代を経て江戸時代の太平の世になってからは見られなくなった。人々がそれを知っているのは、講談や草紙《そうし》などからである。

「お沙世ちゃん、ほんとうにそれを?」

「はい。お稲ちゃんの供養にもなります。お智さんとやらのためにも、もう一人のお人のためにも……」

みょうな理屈だが、無念を呑んだ女の一分を立てるという点では、共通したものがある。

おクマたちと一緒に三田寺町に行った仁左は、

「さあ、これでもう水子の霊など出やしねえぜ」

と、幽霊坂で一服つけ、

「その辺のお寺さんをまわってから、増上寺のほうへ行ってくらあ」

途中まで上った坂をまた下った。やはりうわさがどのようにながれているか気になるのだ。

この日は赤子の足跡のようなものはなく、おクマもおトラもいくらか安心し、

「また一緒に来ておくれよね」

と、カシャカシャと道具箱に音を立てて坂道を下りる仁左の背を見送った。おクマとおトラは、ほんとうに〝水子の霊〟を信じているようで、両脇のお寺から聞こえる霊を呼ぶような木魚《もくぎょ》の響きより、仁左の羅宇竹の音のほうが気が休まるようだった。

増上寺へ行くにはまた札ノ辻を通るので、ひとまず寄子宿に戻った。

「おう、仁左どん。いいところへ戻って来てくれた」

と、忠吾郎に声をかけられた。まだ午前《ひるまえ》だった。話があるのでと言われ、長屋

ではなく商舗《みせ》の母屋のほうに入った。裏庭に面した部屋である。

「実はなあ」

と、忠吾郎があらたまった口調で話した内容には仁左も、

「なんですって!?」

思わず声を上げ、お茶をグイと飲んで気を静め、

「うわなり打ちって、寛永女騒動《かんえいおんなそうどう》って講談で聞いたことがありやすが、その女騒動のことですかい」

仁左が驚くのも無理はない。実際に江戸時代はじめの寛永のころまでは見られていたらしい。だが現在《いま》はそれから二百年近くも経た文政の時代である。

「そうだ。それをお沙世はやる、と……。あの顔、真剣だった」

「まあ、それでお沙世さんの気がすみ、間接ながらお智さんやお稲さんたち女の一分も立てることになるんならよござんすが、お上《かみ》が許しやすかい。昼日中《ひるひなか》から女ばかりが得物を手に手に徒党を組んで……」

「それよ、奉行所に根まわししておかなきゃなるめえ。作法どおりにやるのなら、兄者もそう野暮《やぼ》なことは言うめえ」

「そう願《ねげ》えてえもんで……。それにしても旦那、おもしれえなんて言っちゃおれ

やせんぜ、お沙世さんがやるってんなら」

「そのようだ」

と、忠吾郎も仁左も、堀川屋敷の夜鷹と腰元殺しのうわさのながれを気にするよりも、しばらくお沙世の動きを注視しなければならなくなった。もっとも、お沙世をその気にさせたのが、堀川屋敷だったのだ。

三

翌日だった。

街道が動き出した朝早くに、金杉橋から浜久の亭主・久吉ならぬ、女将《おかみ》のお甲が相州屋に駈け込んだ。お沙世の義姉になる。

用件は久吉ではなくお甲が来たことでわかったが、

「もうそこまで話が」

と、迎えた忠吾郎は驚かざるを得ない。

即座に仁左がその場に呼ばれた。母屋の裏庭に面した部屋である。ちょうど道具箱を背負い、増上寺門前へ仕事に出ようとしていたところだった。

お甲は言った。

「お沙世ちゃんから聞きました。あたくし、待女郎《まちじょろう》をやります」

お甲もやる気満々なのだ。忠吾郎と仁左は顔を見合わせ、うなずいた。料理屋を切盛りしている女である。気風《きっぷ》がよいところは忠吾郎も仁左も気に入っている。

なにしろ鎌倉期に生まれた風習である。女の立場は強かった。追い出された先妻は、実家、親戚、一族の者を集め処理方を相談することになる。女としてこのままおめおめと引き下がることはできない。当然、女の一分を立てようと一家一門のほかにも手づるを頼って体力のある若い女を駆り集め、まえの婚家に打込むのである。

もちろん人数は家の大小や身分によって異なるが、少なくとも二、三十人、多いときには百人を超え、ちょっとした戦《いく》さ仕立てとなる。

だが、そこには手順がある。まず打込む側から使者の女が立ち、

『こなた身に覚えがおありのはず。〇月〇日何時《いつ》の刻に騒動つかまつるゆえ、ご準備あれ』

と、口上を述べる。これを待女郎といった。

受け手の側からも待女郎が出て、

『ごもっともの次第ゆえ、相心得てお待ち受けいたす』

と、口上を返す。

本物の戦さなら、これが副将格の名乗り合いになる。

もしこのとき、受け手が、

『なにぶんともお詫《わ》び申すゆえ、騒動の段はお控え願いたい』

などと詫びを入れ騒ぎを避けたなら、後妻は向後《こうご》その家での立場はなくなり、奉公人たちからも軽んじられ、家の面目も失うことになる。

このように名乗りを上げてから、双方は相手方に探りを入れながら人数集めにかかる。ここに厳然たる作法がある。打込む側も守る側も、男を入れてはならないのだ。もしそこに男が混じっておれば、それこそ世間の物笑いとなる。

兄の久吉ではなく、義姉のお甲が相州屋に来たことは、すでにお沙世の側が作法にのっとっていることになる。

加勢を頼んでいるのではない。なにしろ二百年近くもまえに廃《すた》れた風習である。相手が武家とはいえ、それを心得ているかどうか心配である。いずれかが古来の作法を破れば、それこそ取り返しのつかないことになる。

「羅宇屋の仁左さんが同座してくださいましたのは、ちょうどようございました。先方にまえもって周知していただけまいか」

と、頼みに来たのである。

「承知しましたよ、お甲さん」

忠吾郎は応え、仁左もうなずいた。

それを相州屋に頼んだのは的を射ていた。仁左がいる。おクマとおトラがいる。町のうわさを拾える商いは、逆に広めることもできる。

お甲は話し終えると街道を向かいの茶店へ横切って行った。これからさまざまな打ち合わせがあるのだろう。

部屋には忠吾郎と仁左が残った。

「ほんとうなんでやしたねえ」

「だから言ったろう、真剣な顔だったたって」

「へえ。したが、人数、集まりやしょうか」

「大丈夫だ」

仁左が懸念を洩らしたのへ、忠吾郎は自信ありげに応えた。

古来、うわなり打ちは武家に限ったことではない。

「武家の者が辻斬りをやったばかりだ。武家に打込む話が広まれば、町衆から加勢がけっこう出るんじゃねえか」

「ごもっともで」

仁左は返し、

「おっと、だったらこうしちゃおられねえ。ちょいと行って来まさあ」

「そうしてくれ。俺も兄者に話を通しておこうじゃねえか」

街道にカシャカシャと音を立てる仁左の背を見送ると、忠吾郎もさっそく奉行所へのつなぎの用意にかかった。

三田寺町の南手に魚籃坂《ぎょらんざか》がある。泉岳寺《せんがくじ》の裏手になる伊皿子台町《いさらごだいまち》から北西に向かって下る長い坂で、坂道の北側が三田寺町で、南側に熊本藩細川《くまもとほそかわ》家五十四万石の中屋敷の白壁がつづいている。その坂を下った一帯に黒鍬之者の組屋敷が広がり、その一角にお沙世を離縁した組頭の屋敷がある。武家屋敷といっても周囲は板塀で正面門は冠木門になっている。札ノ辻から行くには、三田寺町の幽霊坂を上り、魚籃坂に出て下れば、女の足でも半刻（およそ一時間）とかからない。

おクマとおトラは、きょうも寺町の一帯をながしているはずだ。仁左は背に音を立て、急いだ。

すぐに見つかった。というより羅宇竹の音に付木売りのおトラが気づき、お寺の裏手から、

「あれあれ、仁さん。きょうも来てくれたかね」

と、出て来た。幽霊坂の近くだった。

蠟燭の流れ買いのおクマも出て来て、寺壁の路地に立ったまま、

「実はなあ……」

仁左はうわなり打ちの話をした。

年の功で二人とも、その風習のかつてあったことを知っており、

「ええ、お沙世ちゃんが！」

「おもしろい。あたしらも」

太めのおクマが驚き、加勢したいようなことを言ったのは痩《や》せ型のおトラだった。

「まあ、打込みに加わるかどうかは別として……」

二人とも仁左の依頼に勇んで魚籃坂を下った。

黒鍬之者たちの組屋敷一帯で、組頭の屋敷を中心にうわなり打ちのうわさをながすのだ。おクマもおトラもこの一帯は常連である。

勝手口にぬーっと顔を出し、蠟燭の流れはたまっておりましょうかね、付木はまだござんしょうかと声をかけ、出て来た女中や内儀に、

「ちょいと聞きました？　町場じゃここの組頭さまのお屋敷にうわなり打ちをかける者がいて、人数を集めているとえらい評判ですよう。大丈夫ですかねえ、そのお屋敷のお人ら」

と、話す。

聞いた女たちは一様に驚き、半信半疑ながらも、

「そういえば、あの組頭のお屋敷、ついこのまえ……」

と、心当たりがある。

たちまちうわさは組屋敷一帯に広まり、組頭の屋敷にもそれは伝わる。仰天するとともに、

『来るか！』

と、心の準備もできるはずである。

仁左はその屋敷の中に入りたいと思ったが、その必要はなかった。考えてみれば、屋敷内の構造はお沙世が一番よく知っているのだ。

陽が西の空にいくらかかたむいた時分だった。隠密廻り同心の染谷結之助が相州屋に来ていた。仁左が三田寺町に出かけたあとすぐ、番頭の正之助が北町奉行所に走ったのだ。染谷は町人髷《まげ》に脇差《わきざし》一本で、遊び人のような風体《ふうてい》を扮《こしら》えている。裏庭に面した部屋で突拍子もない計画に、

「あははは、そりゃあいい」

笑いながら膝を打った。

帰り、向かいの茶店の縁台にさりげなく座り、応対したお沙世に、

(ふむ。この女性《にょしょう》ならやりかねない)

思ったものである。

呉服橋御門内の北町奉行所に戻り、その日のうちに奉行の榊原忠之に話し、その返事を持ってふたたび札ノ辻に足を運んだのは翌日の午過《ひるす》ぎだった。

「――おもしろい。まさしく時宜《じぎ》にも適《かの》うており、うわなり打ちがご法度《はっと》になったという記録もない。世に一石を投じるものとなろう。目付《めつけ》衆には若年寄《わかどしより》の田沼意正さまを通じて、わしからよしなに話しておこう」

奉行の忠之は与力や例繰方《れいくりかた》同心、定町廻り同心たちを部屋に呼び、言ったという。

旗本を管掌するのは目付である。事態は町奉行所と目付の支配地にまたがり、構図は門前町以上に複雑だ。しかも昔の風習にのっとり、人数が集まって得物を手に騒動を起こそうというのである。筋を通しておかないと、あとで面倒なことになる。そうした舞台裏のことは、お沙世もお甲も気がついていないだろうし、忠吾郎がそこに尽力していることも知らないだろう。

相州屋の部屋で、染谷はあぐら居のまま威儀を正し、

「お奉行は、くれぐれも古来の作法にのっとり、逸脱することのないように、と屹度《きっと》申されておいでてござった」

「心得もうした」

忠吾郎は返し、ふたたび二人とも肩の力を抜いた。

「いやあ相州屋さん、その日、あっしも野次馬に混じって魚籃坂まで行き、見物させてもらいまさあ」

染谷が伝法な言葉で言ったのへ忠吾郎も、

「わしはここで出陣を見送らせてもらうよ。打込み衆の出立《しゅったつ》は、お向かいさんからじゃでなあ」

相州屋のあるじに戻って応えていた。

その日の夕刻近く、仁左がおクマ、おトラと一緒に帰って来た。

相州屋の玄関前で忠吾郎に、

「いやあ、もうこっちから話すまでもござんせん。あちこちでうわなり打ちの日にちは聞いていねえかなどと、逆に訊かれるありさまでやして」

「あたしらもだよう」

仁左が話し、おクマとおトラも息せき切って話す。

三人はきょうも黒鍬之者の組屋敷とその周辺の町場をながしてまわった。きのう撒《ま》いた種がまたたく間に実を結んでいたようだ。

当然、組頭の屋敷にも伝わり、うわなり打ちと聞けばその古さに驚くと同時に、身に覚えがあるものだから、

「――スワ一大事！」

と、詳しいうわさを集めにまわり、茶店や浜久のある札ノ辻あたりに人を出したことであろう。その結果、

「――ほんとうのようでございます」

と、走った者は魚籃坂下へ駈け戻ったことであろう。

すでに金杉橋から札ノ辻にかけての街道筋は、懐かしくもあり珍しくもあるうわなり打ちの話でもちきりだったのだ。

仁左たちの話に、お沙世が茶店から出て来て加わり、

「わあ嬉しい、そんなに評判になって。もっと人数を」

と、夕刻近くの慌ただしい街道でよろこびをあらわにしていた。

すでに浜久の親戚筋、お沙世の幼友だちなど十人ほどが加勢の名乗りを上げているらしい。浜久でも女将のお甲が待女郎に立つからにはと仲居が三人加わり、日が決まればそのとき浜久は休業にするという。

あとはうわさがさらに広がり、加勢が幾人集まるかである。

仁左はお沙世に言ったものだった。

「ほんとうにやるのかい。きつい女と烙印《らくいん》を押され、もうお嫁のもらい手がなくなるぞ」

「それでもらい手がないのなら、そんな男はあたしのほうから願い下げですよう」

お沙世は返していた。

四

相州屋でちょっとした異変が起きていた。

仁左が相州屋の奥の部屋に呼ばれ、忠吾郎から、

「きょうからおめえと一緒、相州屋の寄子《うち》になる。江戸は初めてなので、よろしゅう面倒をみてやってくれ」

と、小柄で全身の筋肉の引き締まった男を引き合わされたのだ。

その男は、寄子になるといっても、奉公先を求めて江戸へ出て来たようには見えなかった。そればかりか、常人とは違った、得体の知れない雰囲気を感じた。

値踏みするようにその小柄な男を見ると、

「へい、忠吾郎親分にはむかし世話になりやして、小猿《こざる》の伊佐治《いさじ》と申しやす」

「こら、相州屋の寄子になって親分はよせ」

「いや、こいつはどうも」

と、小猿の伊佐治は照れるように頭をかいた。愛嬌もある男のようだ。〝小猿〟の二つ名も、その身にぴったり合っている。

以前、忠吾郎が東海道の宿場町で一家を構えていたのは、相模国《さがみのくに》の小田原《おだわら》だった。

「そのときの若い衆でなあ」

「へい、さようで。こたびは親分、いえ、相州屋の旦那に呼び寄せられやして」

と、伊佐治は愛想よく言う。

（呼び寄せた……？）

やはり、ただの寄子ではない。それに、〝得体の知れない雰囲気〟の原因《もと》がすぐに判った。

若く見えたのは小柄のせいで、歳は仁左より五歳ほど喰った三十代なかばで、小田原にながれ着いて忠吾郎一家の若い衆になるまえは、旅の一座で軽業《かるわざ》師をやっていたという。一種独特の雰囲気はそれだった。

「伊佐治はなあ、綱渡りもやれば宙返りをしながら手裏剣《しゅりけん》を打つこともでき、それがまたけっこう手練《てだれ》なのよ」

「いやあ、もう十年以上も前《めえ》の話で、いまはなまっちまいやした」

と、忠吾郎が言ったのへ、小猿の伊佐治は言葉とは裏腹に自信ありげに返した。

その伊佐治を忠吾郎は、わざわざ小田原から呼び寄せたのだ。

「仁左どん、まあ聞け。わしはおめえを頼りにしているが、あの裏稼業じゃねえ、おもしろ稼業をやるには、もう一人くれえ自在に動ける者が欲しいと思うてなあ」

実兄の忠之から依頼された、闇奉行のことだ。それを忠吾郎は〝おもしろ稼業〟と表現した。

（榊原忠次さまならぬ忠吾郎旦那、一文にもならねえ仕事というに、いよいよ腰を据えなすったねえ）

と、仁左はそこにこそ共鳴するものを覚え、おもしろさを感じていた。

小猿の伊佐治も、

「へえ、そのつもりで小田原から出て来やしたのですが、出て来る早々、講談でしか知らねえうわなり打ちってえのを見られるなんざ、ほんとう、お江戸はおもしれえところでござんすねえ。そうそう、あっしは旅の一座では兄イ衆や姐《あね》エ衆の衣装の洗濯や、繕《つくろ》いに売り買いで調達までやっておりやして。どちらかというと、軽業よりそっちのほうが性《しよう》に合っておりやして、へえ。お江戸では古着の行商をやらしていただこうと思うておりやしてね、用意もすでにできておりやすので」

よく喋《しゃべ》る男である。これならじゅうぶん行商はできそうだ。忠吾郎が大勢いるであろうむかしの子分のなかから、とくに小猿の伊佐治を呼び寄せた理由が解ったような気がした。

すっかり暗くなったなか、寄子宿の長屋に帰ろうとしたとき、忠吾郎は仁左にそっと耳打ちした。

「呉服橋の大旦那の素性なあ、まだ話しちゃいねえ。わしの素性もだ。そのつもりで」

「さようですかい」

仁左は低く返した。

長屋では、仁左のとなりの部屋が伊佐治にあてがわれていた。

仁左は自分の部屋で搔巻《かいまき》をかぶり、昨夜まで静かだったとなりの部屋に人の気配を感じながら、

（おもしろ稼業か。こいつはますますおもしろうなって来やがったぜ）

思えてきた。影走りが自分一人で、相方がおクマとおトラだけでは、いささか心もとなく思っていたのだ。

五

義姉のお甲が白鉢巻《しろはちまき》にたすき掛けのいで立ちで、仲居を一人お供に、黒鍬之者の組頭の門前に立ったのは、翌日午前だった。待女郎である。

組頭の屋敷でもすでにうわさと物見《ものみ》の報告から、お沙世が動き出したことを知っており、驚くことなくあるじの実姉が駈けつけ、近辺の組屋敷からも女たちが野次馬のように出て来て門前を取り巻くなか、女中を従え同様のいで立ちで迎え、双方が作法どおりの口上をぶつけ合った。

組屋敷の野次馬のうしろのほうに、背伸びをしているおクマとおトラの姿もあった。中間《ちゅうげん》など男の姿もちらほらあったが、そこに羅宇屋の仁左と小柄な古着行商人の伊佐治もいた。

「へぇえ。まっことお江戸って芝居でしか観られねえものが、現実に見られるんでやすねえ、おもしれえ」

「俺だって、こんなの見るのは初めてだぜ」

二人は小さな声で交わしていた。

口上で述べられた日時は、五日後の昼四ツ（およそ午前十時）だった。

さあ、うわさはいよいよ具体化した。あと五日である。

東海道では金杉橋を境に、北はまだ人々のうわさに古川土手の辻斬りの余韻《よいん》を残しているが、南はいまどき珍しいうわなり打ちのうわさで満ちた。もちろん三田寺町から魚籃坂にかけてもそうである。

お沙世のいる茶店にはつぎからつぎへとお茶一杯の客が縁台に座り、おクマとおトラが仕事を休み、手伝いに出て、

「ええ、ほんとなんですよ」

「あたしがあと二十年若けりゃねえ」

と、客の問いに応えていた。

お沙世が盆を手に奥から出て来れば、

「ほう、あんたが大将かね」

「はい、そうです。やりますよ」

声がかかり、それに返している。

浜久からは義姉のお甲が手伝いに来ている。茶店を手伝うのではない。打込みの準備である。

忠吾郎が裏手からそっと訪ね、

「よいかな、くれぐれも作法どおりに。一歩でも踏み出しはならぬぞ」

「わかっております。ご安心を」

念を押すのへお甲は応えていた。

魚籃坂下の組頭屋敷の冠木門は固く閉ざされているが、板塀の前には町場の者がやはりつぎからつぎへと、ゆっくりと通り過ぎてはまた戻って来る。

（ここだな）

それぞれにうわさの場所を確認しているようだ。

中では人の動きがある。受け手にも準備は必要である。裏の勝手口には中間や下男たち男の姿もある。準備にはやはり男手は必要だ。

副将格の待女郎として戻って来ている実姉に、あるじは言っていた。

「いいですな、姉上。向こうが町人どもの寄せ集めなら、なおさらこちらは武家らしく作法を守り……」

言っていた。

その日が来た。

朝の五ツ半（およそ午前九時）時分である。札ノ辻の広場に集結した。その数はなんと三十人を超えていた。

——町場の者が武家に打込む

打込みの人数は茶店に入り切れない。

親類縁者でなくても、それだけで人が集まったのだ。

この数日、お甲はそれらの応対に忙殺されていた。

そうしたなかに、夜鷹が五人ほどいた。

「さむらいに殺されたお仲間の仇討ちだよう」

夜鷹たちは言っていた。

それればかりではなかった。

赤羽橋で殺されたお智の妹が、女中一人を連れ、加わっていた。

お智の妹は言った。

「町奉行所もお城のお目付さまも、なにもしてくれないのです。それが悔しゅうて。うわなり打ちと聞き、お門違《かどちが》いは重々承知の上ですが、是非《ぜひ》寄せ手の一員に加えていただきたく……」

お甲は威儀を正して応じた。

「なんのお門違いでありましょうや。いずれも似たようなものでございます。存分にお働きいただきたくお願い申し上げます」

それら三十人を超す女たちが、括《くく》り袴《ばかま》にたすき掛けで、髷《まげ》を解いた垂らし髪に鉢巻をきりりと締め、棒や木刀、竹刀《しない》といった得物を手に集まり、大将のお沙世には町駕籠《かご》が用意されていた。大将が馬ならぬ駕籠に乗るのも、作法のうちであった。

街道は野次馬でふさがれ、渋滞《じゅうたい》している。

副将格のお甲の声だ。

「いざ！」

「おーっ」

女たちが鯨波《げいは》を上げ、列が動き出した。駕籠は中ほどである。担いでいるのは屈強な女四人で、垂《たれ》を上げているので凜々《りり》しいお沙世の姿がよく見える。

奉行所ではやはり心配なのか、定町廻り同心が岡っ引と小者を二人ほど連れて野次馬のなかに混じっていた。

それに気づいた町衆の一人が、

「おっ、役人が来てるぜ」

声を上げるなり、

「なんだ！　奉行所の出る幕じゃねえぜ。辻斬りの一人も捕まえられずによう」

「帰《けえ》れ、帰れ」

「そうよ、そうよ」

罵声《ばせい》のなかに同心は、

「まあまあ、そう言うな」

と、引き下がらざるを得なかった。

代わりに野次馬のなかに遊び人姿の染谷結之助がいた。無腰である。職人姿の仁左と、着物を尻端折《しりはしょり》にした伊佐治の姿もあった。

それら野次馬が、打込みの女衆の列のあとにぞろぞろ尾いて行く。

相州屋の前では、同心が群衆に追い返されたのを、忠吾郎が苦笑しながら見送っていた。その横でおクマとおトラが、

「あたしらも行きたかったよう」

「うわさを撒くには合力したによう」

「あはは、それで充分さ。おめえらが行ってもぎっくり腰になって、足手まといになるだけさ」

忠吾郎は返していた。

大勢の野次馬を随えた女行列は札ノ辻からすぐ三田寺町に入り、幽霊坂を上って行った。

その坂をひと足さきに駈け上った者がいる。組頭屋敷の中間である。

冠木門に駈け込んだ。

「来た来た、来ましたーっ。およそ四十人！」

屋敷で男の姿はこの伝令役の中間だけである。

「おーっ」

待ち受ける女衆は二十人ほどがそろっていようか。いずれもが寄せ手と似たいで立ちである。得物はほとんどが竹刀で、寄せ手が刃物を一切所持していなければ、受け手も断じてそれを持ち出してはならない。それも女騒動の作法なのだ。

冠木門が八の字に開かれた。ここにもすでに野次馬の姿が見られる。

屋敷の中は女ばかりである。あるじに中間、下男など男衆は隣家に避難している。伝令の中間ももういない。それだけではない。骨董品や拝領《はいりょう》物など、その家でとくに大事な物もすでに隣家や親戚の家に移している。

一行は幽霊坂を上り、そして魚籃坂を下り、八の字に開かれた組頭屋敷の門前に勢揃いした。お沙世も駕籠から出てすっくと立った。

狭い往還の左右に満ちた野次馬たちは、固唾《かたず》を呑んで見守っている。

副将格で待女郎のお甲が一歩、門内に入った。

母屋の玄関から受け手の待女郎がゆっくりと出て来た。あるじの実姉である。

二人の女は向かい合い、お甲が口火を切った。

「かねて申し伝えしとおり、参上つかまつった」

「もとより心得ていたり」

「ならば、いざ参らん！」

「おぉ、参られよ！」

受け手の待女郎は応じるなりツツツと玄関に駈け込んだ。

「おーっ」

お甲の背後で寄せ手の鯨波が上がり、それらはわらわらと門内に走り込んだ。

引き寄せられるように、遠巻きにしていた男女の野次馬たちも駈け寄り、開かれたままの門前にひしめき、

「おぉぉぉぉ」

「あれあれあれ」

声を上げた。

寄せ手は玄関前で二手に分かれ、狭い庭づたいに裏手へと駆け込んだ。受け手の待女郎が玄関から奥に駆け込んでからは、そこに人影はない。女同士の戦いであれば、正面玄関からなだれ込むのは遠慮し、裏の台所口や通用口から乱入するのも作法なのだ。

「かかりや」

お甲の声と同時に女たちは一斉に突進し、台所口や通用門に体当たりする者、棍棒《こんぼう》で叩きつける者、蹴《け》りつける者とさまざまで、

――ガシャッ
――バリバリッ
破壊音が響き、

「わあっ、開いた！」

「ありゃりゃ、押さないで！」

と、まるで押し合いへし合いするように屋内に乱入する。

内側では、

「ワアッ、来た！」

「サア、おいでなされっ」

と、そこには鉢巻にたすき掛けで、着物の裾《すそ》をたくし上げた受け手が待ち構えている。

たちまち竹刀や木刀で打ち合う音に、まっさきに台所から鍋《なべ》、釜《かま》、皿が手当りしだいに叩かれ破壊される音が混じる。

「えいっ」

「やーっ」

打ち合う声が部屋部屋に移動し、あちこちで混戦となるが、互いに相手の体には打込まない。申し合わせがなくとも暗黙の了解がある。

だが勢い余る場合もある。

「キャーッ」

「痛《いた》たたたっ」

破壊音に女たちの悲鳴や怒声が聞こえるが、すべて屋内でのせめぎ合いと打ちこわしで、冠木門に押し寄せた野次馬からは見えない。

男が幾人か、のぞき込むように数歩、庭に入り込んだ。

「だめだめ、入っちゃ」

女たちから肩や帯をつかまれて引き戻され、

「うわーっ」

つまずいて尻もちをつき、そのまま往還へ引きずり出される男もいる。

このときばかりは、内も外も女の天下である。

玄関口に人影が見えた。襖《ふすま》が破られ衝立《ついたて》が打ち倒される。

冠木門からは男女を問わず、

「もっとやれーっ」

「家ごと壊せーっ」

声援が飛ぶ。

屋内では押入から布団《ふとん》が引き出されて裂《さ》かれ、綿くずが散乱するなか、木刀を突き上げ天井板を破る者もいる。

ほこりや灰神楽《はいかぐら》の舞うなかに、

「刃向かうか！　ヤアーッ」

「なにぃー、このぉーっ」

奥では一群の受け手が後妻のまわりを固め、寄せ手の一群が打ちかかるが、囲みを崩すまでには至らない。

ほかの部屋では受け手の女たちが壁を背に、

「無礼なっ」

「許しませぬぞっ」

叫びながら竹刀や箒《ほうき》を振りまわしている。いずれも黒鍬組の内儀や娘たちだ。

「無礼もなにもあるかーっ」

「イヤーッ、ターッ」

互いに打ち合う。

それら防戦する受け手の女たちの目の前で、寄せ手の女たちは押入も飾り棚も打ちこわし、簞笥《たんす》を引き倒し、さらに勢いづいて日ごろの武家への鬱憤《うっぷん》晴らしか畳《たたみ》を引きはがして庭へぶん投げる者もいれば、庭に飛び下りて植木鉢を手当たりしだいに木刀で打ち据えている者もいる。夜鷹の衆だった。

それらは冠木門からも見える。

「もっとやれーっ」

「すごいぞ、女の力!」

声援が飛ぶ。

それら野次馬がまた踏み込むのを防ぎ、肩で押し戻すように止めているのは、染谷結之助に仁左、それに新参の伊佐治だった。

中ではなおもつづく破壊音に、すり傷や打ち傷を負った者がかなり出ている。これ以上つづけて重傷者や、まして死者を出してはならない。お甲もお沙世も、それを忠吾郎から幾度も念を押されている。

破壊できる物はおおかた破壊し尽くしていた。さすがに微禄でも武家の娘か、お智の妹が、

「お甲さん、そろそろ」

「そのようですね」

お甲は応じ、すぐ近くでなおも汗だくになって木刀を振りまわしているお沙世に、

「そろそろ、よろしいか」

「はい」

お沙世も応じた。

まだつづく黄色い怒声と破壊音のなかに、お甲の甲高い声が響いた。

「加勢のかたがたあ、気がすまれましたろーっ」

「あーぁ」

寄せ手から声が返って来る。そのなかに響いたのは寄せ手の大将お沙世の声だった。

「遺恨《いこん》、晴らしたりーっ」

冠木門の仁左たちにもそれは聞こえた。

内では破壊音や罵声、悲鳴が鎮《しず》まり、待女郎のお甲が木刀を手に、後妻を護っている一群の前に歩み出た。

お甲は口上を述べた。

「いかが、思い知ったるか」

「天晴《あっぱ》れなる打込みにござった」

受け手の一群からも待女郎が一歩出て言った。

手打ちである。

「ふーっ」

双方の女たちから荒く大きな息が洩れた。

「さあ、かたがたあ。いざ、引き揚げましょうぞ！」

「おーっ」

黄色い鯨波が上がった。

ちょうど太陽が中天にさしかかったころだった。

冠木門の前を開け、賞賛の声とともに中から出て来る女たちを迎える野次馬たちにまじり、染谷と仁左はホッと安堵の息をついた。すべて作法どおりに終わったのだ。組頭屋敷の中は、破壊され尽くしていたが、重傷者はいなかった。

札ノ辻ではおクマとおトラが、近所の女たちと茶店へ手伝いに出て、

「そろそろ終わったころかねえ」

「ほんと、行きたかったよう」

言いながら、三十余人分のおにぎりを握っていた。

六

まだ、陽の高い時分である。

染谷結之助は北町奉行所の奥の部屋で、榊原忠之と向かい合っていた。遊び人姿のままで端座している。

「待女郎のお甲も大将のお沙世も、なかなか立派なもので、すべて古来の作法どおり進めましてございます」

「ふむ。あの女将《おかみ》がなあ」

と、忠之はすでに幾度か浜久に行って、女将のお甲の顔は知っている。

「そうか。古川の夜鷹も、作事方のあの前島家の親族も加わっておったか。さもありなん」

「加勢の女どものなかには、お沙世や浜久となんら縁《ゆかり》のない者も多数」

「なるほどのう。これで辻斬りは捕えられず、旗本の堀川家には指一本出せぬ奉行所への、庶民の非難はいくらかやわらごうかな」

「おそらく。なれど、向後の町の声によっては、堀川家への怨嗟《えんさ》がいっそう高まることも考えられます。町場には、神谷町の認《したた》めた控帳の内容が、ほぼ的確にながれ出ておりますゆえ」

「望むところではないか。ふふふ、そのときは忠次に、よろしゅう合力を頼むぞ。あやつは小さいころから、曲がったことが人一倍許せぬ男じゃったからなあ」

「御意《ぎょい》」

染谷は返した。

このあと榊原忠之は登城し、若年寄の田沼意正と対座していた。

「ほう、ほうほう。とどこおりなく作法どおり進んだとな。それは重畳《ちょうじょう》。これでその一件は落着じゃ」

「御意。なれど、町場に堀川どの糾弾の声が高まり、あのうわさが一層、町々の人口の膾炙《かいしゃ》に上るやもしれませぬ」

「ふむ、それよ。口にも出したくないわ」

若年寄は吐き捨てるように言った。

お城の腰物奉行が夜鷹相手に、将軍家の刀を試し斬りしていた……。まだそこまでうわさは進んでいないが……。

「処断すれば、それが実際であったようになるしのう。堀川右京め、いまいましいやつじゃ。さような役職にありながら。なんとかならぬか。天下の大罪人じゃぞ」

「それにつきましては、いささか算段しておりもうす」

「うっ、方途はあるか。いかように」

若年寄はひと膝まえにすり出た。

が、榊原忠之は、

「それにつきましては、まだ……」

「ふむ、そうであろう。あらぬうわさの打消しなど、困難な仕事ゆえなあ。なれど、そなたならなんとかやってくれそうな。期待しておるぞ。わしだけではない。幕閣《ばっかく》のすべてがじゃ。そう胆《きも》に銘じてくれ」

「はーっ」

忠之は平伏した。

うわなり打ちの一行が、沿道の賞賛のなかに札ノ辻へ引き揚げて来た直後からである。お沙世の茶店は繁盛《はんじょう》した。つぎつぎと客が来て縁台に座ってお茶を所望して行く。なかには祝儀を置いて行く者もいた。

にぎわいは翌日になっても、その翌日になってもつづき、日を経るにつれ遠方から来る者も目立ちはじめた。

それらは口ぐちに言った。

「ほう、あんたがお沙世さんか。町場の者が武家に打込んだとは、溜飲《りゅういん》の下がる思いがしましたじゃよ」

「あなたね、見事に女の一分を立ててくださったのは」

そのたびにお沙世は言っていた。

「とんでもありません。あれしきで溜飲を下げただの、女の一分を立てたなどと。ほかにもっと大きな恨みを呑んだまま、帰らぬ人となったお人たちもいますよう」

そこへ忠吾郎が向かいの暖簾《のれん》から出て来て、

「そのとおりですじゃ。お奉行所もお城のお目付もなにもしてくれねえじゃ、わしら神や仏に頼る以外ねえんでやしょうかねえ」

つぎの段階へ含みを持たせるような言い方をする。

「ほう、旦那のおっしゃるのは、あの堀川とかいう旗本屋敷の……」

「わかります、わかります。あの非道なお武家のことでございましょう」

と、誰もがそこに気づく。うわさはまだ生々しいのだ。

町々にそうした声がながれるなかに、羅宇屋の仁左と古着屋の伊佐治は商いに出ていた。もちろん仁左も、

「許せやせんやねえ、あのお屋敷」

と、商家の裏庭の縁側で話題にし、人々の共感を呼んでいた。

一方、おクマとおトラは、

「きっとさあ、あの日の大勢の行列が、水子の霊を鎮《しず》めてくれたんだよう」

と、小さな足跡を見ることもなくなり、幽霊、幽霊と騒がなくなっていた。

たまたま縁台に客のいないときだった。商いから帰った仁左はふらりと茶店に立ち寄り、盆を持って出て来たお沙世に、

「とうとうやったんだねえ」

「はい、やりました。これで、お嫁のもらい手はありません」

「そうとばかりは限らないさ」

なかば真剣な顔で返し、ととのったその表情を凝《じ》っと見つめた。

七

伊佐治は自分で言ったとおり、古着の行商にすぐ溶け込み、古着商いには必須の繕《つくろ》いや洗濯をいとわず、売り買いもなかなかうまいものだった。

とくに繕い物には、

「男の手で、大したもんだねえ」

と、おクマもおトラも感心していた。

それに相州屋の寄子になって、最初の見物が名所旧跡などではなく、講談を再現したようなわなり打ちだったものだから、

「たまらねえ」

と、江戸の気風がすっかり気に入ったようだ。

そればかりではなかった。

伊佐治が大きな風呂敷包みを背負い、仁左が道具箱を背に一緒に歩いていたときだった。背後から、

「キャーアアア」

女の余韻《よいん》をもった悲鳴が聞こえてきた。

二階家の商家の屋根から大きな看板が落ちて来たのだ。とっさだった。

「仁さん、危ねえっ」

仁左を突き飛ばすなり自分は逆方向に跳んだ。

——ガシャ

看板は仁左と伊佐治のあいだに音を立て、壊れた。仁左も頭上にみょうな音は聞いたが、伊佐治の動きがなかったなら、身の丈《たけ》ほどもある木の看板は伊佐治か仁左のどちらかを、あるいは二人を直撃していたことだろう。

看板を落とした日本橋室町《むろまち》の乾物屋は、小僧につづいて番頭も飛び出て来て平《へい》身低頭《しんていとう》し、伊佐治はそこで古着の商いができ、仁左も番頭とあるじに煙管を新調させてもらった。

「――驚いたぜ、伊佐《いさ》どん。さすがは元軽業師だ」

「――いやあ、仁左どん。あれが矢だったなら、自分一人でも防ぎきれなかったぜ」

帰り、仁左が言ったのへ伊佐治は返したものだった。

その伊佐治が、

「このお江戸に、もっと深く入りこむためでさあ。仁さんを倣《なら》って、竹馬の古着屋をやりまさあ」

と、さっそく始めた。

竹を二本足のように組んだものを天秤棒《てんびんぼう》の両端に取りつけ、そこに古着や古布をうずたかく掛け、商うのである。町角や長屋の出入り口に置いて触売《ふれうり》の声をながし、客が来るのを待つといった方式だ。移動するときはそのまま天秤棒をひょいと担ぐ。そのかたちが馬に似ているものだから、人々は竹馬の古着屋と呼んでいた。

風呂敷包みを背に一軒一軒まわるほうが、商いとしては確実だが、それでは入った家で世間話をしても通り一遍《いっぺん》のものになってしまう。竹馬をいずれかに据えれば、客でなくても往来の者と立ち話ができる。人との接触に関しては、裏庭の縁側に座りこんで商う羅宇屋といくらか似てくる。

江戸川柳《せんりゅう》にも、

竹馬を裏へ引きこむかかあたち
竹馬を取り巻いている内儀《ないぎ》たち

などとある。

その日も、おクマとおトラが連れ立って出たように、カシャカシャの仁左と竹馬の伊佐治が一緒に商いに出た。

目的を持っていた。

伊佐治はすでにお稲の放逐、古川土手の夜鷹殺し、赤羽橋でのお智殺害の詳しい経緯《いきさつ》と、その始末を忠吾郎がつけようとしていることを聞かされ、

「――親分、いえ、旦那らしゅうござんすねえ。嬉しいですぜ、そのためにあっしを呼んでくださったなんざ」

表情を輝かせ、仁左にも、

「――こりゃあ、お江戸はますますおもしれえ」

と、小柄な身に笑顔をつくっていた。

それでこの日の行き先は、愛宕山向こうの武家地となった。伊佐治は堀川屋敷の近くに竹馬を据え、集まって来た腰元たちから屋敷のようすを聞き、仁左はこのまえ果たせなかった屋敷内を直接見ようというのだ。

伊佐治が竹馬を降ろしたのは、奇《く》しくもこのまえ、お智を乗せた女乗物が屋敷から出て来るのを見張り、赤羽橋まで尾《つ》けたあの白壁の角だった。

「ふるーぎ、古着。売りーやしょー、買いーやしょーっ」

近辺に触売の声をながせば仁左は、

「きせーる掃除、いたーしやしょーっ」

堀川屋敷のまわりをめぐる。

竹馬のまわりに四、五人の腰元が集まった。なかには売りに来た者もいる。それよりも、それぞれに屋敷の異なる腰元たちは、互いにうわさ話を交わすのが目的のようだ。竹馬の古着屋が近くで店開きをすれば、そうした相手を見つける格好の場となる。

腰元たちの関心事はやはり、魚籃坂下のうわなり打ちだった。

「へえ、あっしもちょうど通りがかったもので、行列も打込むところも見ましたでございやすよ」

伊佐治が言えば、

「ほんと！」

「それで、どんなでした？」

腰元たちは輪を縮める。武家屋敷の奉公人だからといって、武家贔屓《びいき》ばかりとは限らない。商家などから行儀見習いか嫁入り道具の一つにと武家屋敷に上がっている者もいる。そうした女たちは、町場の女たちが武家屋敷に打込んだのにけっこう溜飲《りゅういん》を下げている。

ひとしきりうわなり打ちの話で盛り上がったあと、やはり話題になるのは堀川屋敷であった。神谷町の控帳の内容は、この武家地一帯にもながれている。

「嫌アねえ、あそこのお殿さま。あ、この屋敷なんだ」

「そう、奥方も非道《ひど》いじゃありませぬか、ここの」

と、腰元たちは声をひそめ、すぐ横の白壁を睨む。この場に、堀川屋敷の者はいないようだ。

腰元の一人が言った。

「いっそのこと、夜鷹さんや、それに堀川のお殿さまに嬲《なぶ》られた、あの人の知り合いのかたがた、このお屋敷に打込まないかしら」

「この近辺からも加勢が出たりして」

近くの屋敷の奉公人同士で、お智を知っている者もかなりいるようだ。

「しっ」

一人が叱声を洩らした。堀川屋敷の中間が通りかかったのだ。なにかの遣《つか》いだったのか風呂敷包みを小脇にかかえ、肩をすぼめうつむき加減に歩いている。

「あの人たちが悪いんじゃないのだけどねえ」

「なんだか可哀相」

腰元たちから声が洩れる。

仁左はうまく中に招き入れられていた。まえはお智を軟禁《なんきん》していたため、外来の者を裏庭に入れることなどできなかったのだろう。

縁側に出て来たのは、なんとあるじの堀川右京だった。うわさが耳に入っているのだろう。本来の表情を知らないが、かなりやつれて見える。声も小さい。縁側にあぐらを組み、

「のう羅宇屋。あちこちの町場をまわり、聞いておろうなあ」

「へえ、何をでございやしょう」

仁左は脂《やに》のつまった羅宇竹にぼろ布を通しながら逆問いを入れた。

「ほれ、あれじゃよ。この屋敷にまつわる、根も葉もないことどもだ」

「あぁ、あれですかい。あはは、お殿さま。どうせ口さがない町衆のことでございまさあ。他人《ひと》のうわさもなんとやらで、まあ、そのうち消えてなくなりますでございますよ」

「そうかのう」

と、終始、覇気《はき》がなかった。

仁左の目的は、そのようなあるじのようすを見ることではない。

帰り、中間をつかまえ手水《ちょうず》を借りた。裏庭からさらに裏手にまわる。

出て来たところで用人の大河原定兵衛に声をかけられた。

「これはご用人さま。きょうはお殿さまにご贔屓いただきやして。ご用人さまもいかがでございやしょう」

「そのつもりで声をかけたのじゃ」

と、ふたたび別の縁側で脂取りが始まった。

「どうだな。かりにじゃ、この屋敷の駕籠が町場を通れば、無礼な雑言《ぞうごん》が飛んだりはせぬか。そのような雰囲気は感じられぬかのう。いま、わが屋敷はあらぬうわさで迷惑しておるでのう」

「えっ、堀川さまのお駕籠に無礼を？　そんなふざけた者などいるはずござんせんですよ。なにかご登城のほかに、町場へ外出のご予定でも？」

「ふむ。殿ではないが、法事は欠かせぬゆえなあ」

「ご法事で。それは、それは。またいつで」

「なぜそのようなことを訊く」

「いえ、他意はございませぬ。空模様がよければと、そう願《ねご》うただけのことにございます」

堀川家の菩提寺《ぼだいじ》は、榊原家とおなじ三田寺町の玉鳳寺《ぎょくほうじ》である。返した仁左の脳裡には、赤羽橋も幽霊坂も経るその道のりが浮かんでいた。

「ふむ。さようか」

大河原定兵衛は得心し、そこに疑念は持たなかったようだ。

仁左は伊佐治につなぎを取り、早めに札ノ辻へ戻った。

伊佐治も仁左のあとを追うように、竹馬の天秤棒を担いだ。

八

陽はかなりかたむき、そろそろ夕暮れ時を迎え、街道の動きが慌ただしくなりはじめた時分である。以前なら茶店に客は絶えるころだが、いまなお往還に出している縁台にも店場の中にも、客は入っていた。客同士で話していた。商家の旦那風とご新造風が多い。それぞれ二、三人連れで来ている。

「茶店《ここ》の姐《ねえ》さんが、武家を相手に女の一分を立ててくれたんだ。あの旗本屋敷にも、打込む人はおらんのかなあ」

「可哀相に、みんな殺されたんじゃないですか。打込むとすれば、その人たちの霊しかありませんよ」

「ほんと、お奉行所もお目付も、神も仏もないのですから」

話がそこまで進めば、あとは苛立《いらだ》ちと虚《むな》しさが残るばかりだった。誰も、何もすることができないのだ。

向かいの相州屋の奥では、忠吾郎と仁左と伊佐治が三《み》つ鼎《がなえ》にあぐらを組んでいた。三人のあいだには、半紙二枚分ほどの紙が広げられ、そこに仁左が幾本もの線を描き込んでいる。長屋からも出入りできる裏庭に面した部屋で、明かり取りの障子はまだ陽光を受け、部屋は明るかった。

紙にはまず表門と裏門が描かれ、

「母屋と奉公人のお長屋の配置はこうで、ここに奉公人の雪隠《せっちん》があれば台所の配置はこうなり、その横が裏庭に面した縁側で、あるじ家族の居間は……」

と、およその堀川屋敷の絵図面が出来上がっていた。

忠吾郎は武家屋敷の配置は熟知しており、仁左もなぜか詳しかった。大体の配置が判れば、全体像が見えてくるのだ。

「葬《ほうむ》るのは、あるじの右京と奥方、それに用人の大河原定兵衛と女中頭の四人だ。用人と女中頭は、悪い屋敷に仕えたばかりに、不運としか言いようがないが、率先して理不尽な殺しを差配したのだから、まあ仕方あるまい。できるか」

忠吾郎が言ったのへ、

「物音を立てぬように……だな」

「しかも、四人同時に……か」

仁左と伊佐治はつぶやくように言い、顔を見合わせた。

さっきから、仁左と伊佐治が堀川屋敷に忍びこむ算段をしていたのだ。そのための絵図面だった。

仁左の機敏さと、伊佐治の軽業をもってすれば不可能ではない。武家屋敷は外から見れば厳《いか》めしいが、いったん中に入れば、警備はさほど厳重ではないのだ。それを忠吾郎も仁左も知っている。

しかし四人同時に、しかも人知れずあの世へ送る……難しい。

「自然のかたちで分散できれば、できねえ相談じゃありやせん」

「分散！　ふむ。機会はありやす。したが、白昼《はくちゅう》になる」

伊佐治が言ったのへ、仁左が即座につないだ。用人の言っていた〝殿ではないが、法事は欠かせぬ〟との言葉を想起したのだ。殿でなければ、菩提寺の玉鳳寺へ出向くのは、奥方ということになる。ならば女中頭がつき従うはずである。そのとき標的は、分散することになる。

三人の談合はそこに進み、具体性を帯びてきた。だが、忠吾郎は言った。

「玉鳳寺に、迷惑がかかってはならんぞ」

「へえ。そのように策を立ててまさあ」

と、そこが榊原家の菩提寺であることを知る仁左は、二つ返事で理解したが、伊佐治も、

（寺域で血を流さず……か。これも親分らしいや）

と、忠吾郎の配慮と解した。

ならばどこで、どう襲うか。供の腰元や中間、陸尺《ろくしゃく》たちに血を流させず、奥方と女中頭だけを葬るのは、やはり至難の業《わざ》である。高度な技量と準備が必要となる。

「うーむ」

と、思案しているところへ、

「仁さん、小猿の伊佐さん！　こっちかえ」

「まだよう、出たんだよう」

おクマとおトラだ。寄子宿の長屋に戻ると、仁左も伊佐治も商売道具だけで姿は見えない。そこで裏手から母屋に声をかけたのだった。

「おおう、どうしたい。また出たって、なにがだい」

言いながら忠吾郎が身をねじり、縁側の障子を開けた。

「あ、旦那」

「やっぱりこっちだった。聞いておくれよ、旦那も一緒に」

「そう、出たんだよう。またこの目で見ちまって」

と、おクマとおトラが交互に言う。

けさも寺町周辺の町場をまわろうと、幽霊坂を通ったらしい。普段ならほとんど人通りのないその坂道に、朝から寺男や近くの町場の住人が出て、ひそひそ話をしていた。おそるおそる近寄ると、案の定だったという。

「また、赤子の足跡さ。あんな小さな足で歩けるわけがない」

「だから、水子の霊なんだよう。みんな言っていた」

「それで帰りはあの坂を避けて、大まわりしてさあ」

「あしたもあの坂、通るんだよう。また一緒に行っておくれよ」

「伊佐さんもさあ」

交互に言う。

うわなり打ちの行列が通って以来、しばらく出ていなかった〝水子の霊〟がまた出はじめたようだ。

そこへ忠吾郎が余計なことか、あるいはその逆になるか、ぽつりと言った。

「そういえば赤羽橋で殺されたお女中、孕《はら》んでいたというからなあ」

「えぇえ！」

おクマが仰天した声を上げ、

「きっと、きっとそれだよ。新しいの。あぁあ、一緒に死んだお腹《なか》の子、成仏しておくれよう」

おトラは手を合わせ、おクマもそれにつづいた。

それらを慰めるように仁左は言った。

「あぁ、わかったよ。あした一緒に行くから」

それで二人はいくらか安心し、長屋に戻った。

それからも三人の鳩首《きゅうしゅ》はつづいた。

おクマとおトラの蒼ざめた顔は、三人に具体的な示唆を与えるものとなっていた。

仁左は声を低め、

「それでは旦那。玉鳳寺での堀川家の法事はいつか、調べておいてくだせえ」

忠吾郎はうなずいた。玉鳳寺が榊原家の菩提寺でもあれば、忠之が人を走らせればその日時も誰が参詣するかも容易に判るはずだ。

伊佐治もみょうな注文を忠吾郎に頼んだ。

「手裏剣か矢で体内に打込めば、確実に死ぬという毒薬はありやせんかい。少量でも手に入れれば、策は完璧になるんでやすがねえ」

そうした毒薬の存在することを、仁左は知っている。その気になれば、秘かに入手もできる。だが口には出さず、返答はいかにと達磨のような忠吾郎の顔を凝視した。

「うーむ」

忠吾郎はいくらか考えこむ仕草を取り、口を開いた。

「以前、人を口入れしたところに生薬屋《きぐすりや》がある。そこにそれとなく訊いてみよう。あるかもしれんなあ」

「ほっ、旦那はそのようなことまで。お顔が広うござんすねえ」

仁左は言ったが、〝訊いてみる〟相手は誰か、察しはついていた。市井《しせい》の生薬屋に毒草はあっても、そのような毒薬があるはずはないのだ。

翌朝である。さっそく相州屋から番頭の正之助が北町奉行所に走り、午《ひる》には浜久で忠吾郎が、着ながしに二本差で深編笠の忠之と、遊び人風の染谷結之助の二人と会っていた。浜久でも、

「ここの女将が、待女郎をやりなすったんだねえ」

と、お沙世の茶店と客層は異なるが、おなじような会話が交わされ、いつもに

くらべ繁盛していた。

古来の作法とはいえ、昼日中《ひるひなか》に三十余人もが徒党を組み、武家屋敷一軒をさんざんに打ちこわしても、なんらの罪にも問われなかった。その背後に高度な根まわしのあったことなど、いまだお甲は知らない。忠之はそのようなお甲に、

「そなたが尽力したうわさも聞いておる。いや、重畳《ちょうじょう》、重畳」

などと、目を細めていた。

となりを空き部屋にした奥の座敷で、忠吾郎は声を落とした。はたして忠次こと忠吾郎は、毒薬の用意を忠之に求め、

「なるほど、そのようにやりなさるか」

と、染谷は感心の態《てい》で言っていた。

翌日、仁左と伊佐治は、おクマとおトラと一緒に幽霊坂に向かった。

この日、赤子の足跡はなかったとみえ、坂道に人は出ていなかった。それでも両脇の寺から僧たちの誦経《ずきょう》の声と木魚の音が聞こえ、線香のにおいもただよってくる。寺の壁は低く、背伸びをすれば両脇とも内側はすぐ墓場だった。卒塔婆《そとば》の五輪が見え、随所に樹々の枝がせり出て、昼間でも薄暗いところがある。

そこにあらためて歩を踏むと、

（幽霊坂とはよく言ったものだ）

と、あらためて仁左にも伊佐治にも思えてくる。

足跡がなくても、おクマとおトラは緊張した表情になり、

「赤羽橋で殺されたお女中のこと、みんなに話しておくよ」

「そう、お女中の赤子の霊と判れば、土地のお人らで供養もされようよ」

真剣な口調で言った。

上りきれば、玉鳳寺である。

その門前で、仁左と伊佐治は、おクマとおトラの二人と別れた。

仁左と伊佐治は、またゆっくりと坂道を下った。

途中、小柄な伊佐治が竹馬を坂道に置いたままフッと消え、すぐまた現われた。それが二度、三度とあった。坂では、人に見られぬよう、仁左が見張っていた。

赤子の足跡の正体を確かめようとしているのではない。伊佐治は塀を乗り越え、寺の中の地形を調べていたのだ。

足跡は本当にあった。だが、調べずとも仁左には一応の見当はついていた。さ

きほども、その正体をちらと見たのだ。

だが、

（コトが成就してからもしばらく、婆さんたちには黙っていたほうが得策だろう）

仁左は思っている。

最後の策は、ここに動きだしたのだ。

四　霊の仇討《あだう》ち

一

午過《ひるす》ぎである。

遊び人姿の染谷結之助が、相州屋に訪《おとな》いを入れた。

忠吾郎は待ちかねたように、染谷を奥の裏庭に面した部屋にいざない、

「で、どうだった」

「へえ、判りやしてございます」

北町奉行所の歴《れつき》とした隠密廻り同心でも、忠吾郎と会うときは言葉遣いも所作も町人に徹している。

「あさって、昼四ツ（およそ午前十時）だそうで。堀川家に女乗物は、一挺《いっちょう》と

のことでございやす」

「ふむ。あさって……か」

染谷の言葉に、忠吾郎はみずからへ言い聞かせるように応《こた》えた。

奥方の玉鳳寺参詣《さんけい》である。

「で？」

忠吾郎は鋭い視線を染谷に据えた。

染谷は無言でうなずき、

「お奉行が、こたびの用途以外に使ってはならぬ、と」

「むろん」

忠吾郎は返し、染谷がふところに入れた手を出すのを待った。

染谷は言った。

「これを、ほんとうに使いなさるので？」

ふところから出した手には、小さな包みが握られている。

開いた。貝殻《かいがら》だ。

「やむを得まい」

「お奉行も、そう言っておられやした。さ、中を改めてくだせえ」

「ふむ」

忠吾郎は貝殻を手に取り、二つに開いた。

軟膏《なんこう》である。

「あっしはまだ使ったことはありやせんが、傷口から徐々に痺《しび》れが広がり、やがて口から泡《あわ》を吹き、死に至るそうで。屈強な者でも、半日は持ちますまい、と」

「解毒《げどく》の方途は？」

「まむしに咬《か》まれたときとおなじで、即座にその部分を切り取る以外は……」

「つまり、ないということじゃな」

「さようで」

「江戸の町で、しかも白昼このようなものを使わねばならぬとは、まったく困ったことになったものじゃ」

言いながら忠吾郎は貝殻を布で包みなおし、大事そうにふところに収めた。

その毒薬がこの場にあるというだけで、部屋が緊張の空気に包まれている。

こんどは染谷が訊く番だった。

「あさってはは奥方と女中頭でやしょうが、肝心の堀川右京と大河原定兵衛は？」

「あの二人に任せてある。その日のうちか、それとも堀川屋敷のようすを見て、策を練るか……。ま、あやつらのことじゃ。安心して見ていなされ」

「そりゃあ、そうとは思いやすが」

染谷は懸念を含んだ口調になり、

「ともかくその日、あっしは見とどけ役をさせてもらいまさあ。なあに、お二人の目につくようなことはしやせん」

やはり心配なのか、それとも仁左と伊佐治のお手並拝見といきたいのか。決行の場を見に行くつもりのようだ。

「したが、詳しい策はわしも聞いていねえぜ。どこがその場になるかも……」

「なあに、およその察しはつきまさあ。あっしが殺《や》る場合のことを考えれば。ふふ」

染谷は返し、自信ありげな笑みを口元に浮かべた。もし仁左たちが仕損じたなら、情況によっては自分がとどめを刺す気でいるようだ。

「ふむ」

忠吾郎はそれを察したか、かすかにうなずいた。忠之が忠吾郎に遣《つか》わしているつなぎ役だ。相応の心得はあるのだろう。

その二人は、幽霊坂のなかほどに立っていた。仁左は背の道具箱を降ろし、伊佐治は天秤棒の竹馬を肩からはずしている。行商の者が二人、坂道を上る途中にちょいと休憩しているように見える。

左右を多門寺《たもんじ》と明王院《みようおういん》にはさまれ、あと数歩も進めば左右から樹々《きぎ》が伸び、陽光をさえぎって短い隧道《ずいどう》のような空間をつくっている。その暗いなかに入らないのは、往来人があっても、怪しまれないための用心である。

だが仁左はいましがた、その暗い箇所から出て来たのだ。

伊佐治は渡世人《とせいにん》上がりで忠吾郎の配下だが、役人ではない。

(まあ、俺の特技の一端を披露してもいいだろう)

仁左は判断したのだ。

「いやあ、仁左どんの軽業も大《てえ》したもんだぜ」

と、伊佐治が目を丸くしていた。伊佐治が坂の上下を見張るなか、仁左は多門寺からせり出した太い枝にひょいと飛びつき、くるりと身を回転させて枝葉のなかに隠れ、ふたたび出て来たのだ。

「枝の張り具合といい、格好の足場があったぜ」

明かりの射すなかに出て来たとき、仁左は言ったものだ。

二人はまたそれぞれの荷を担ぎ、坂を上りはじめた。

仁左は腰切半纏《こしきりばんてん》を三尺帯で決めた職人姿で、伊佐治は単《ひとえ》の着物を尻端折《しりはしより》に、手拭を吉原かぶりに折って頭に乗せている。

人通りはなく、話していても他人《ひと》に聞かれる心配はない。

「仁左どんは、以前から羅宇屋を？　そうは思えねえが」

「あはは。いろいろ極道もやってなあ、他人《ひと》さまよりちょいと身が軽かっただけさ。それよりも、いつになるかなあ。そう遠くはないと思うが」

話題を変えた。

「そりゃあ親分、いや、忠吾郎旦那が調べてくださろう。さすがはあの親、いや、旦那は、小田原でもそうだったが、あちこちに顔の広いお人だ」

「そのようだ。なかには得体の知れねえところまで知ってござる。それだから人宿をやって、口入れをあちこちにできなさるのだろう」

仁左は返した。〝得体の知れねえ〟とは染谷のことを言っているのだが、伊佐治も相州屋の寄子になった以上、やがて遊び人の染谷結之助について、

（いったい何者《いだ》？）

疑問を抱くことになるのは必至だ。だから仁左はまえもって、

『奉行所に通じている人でなあ』

くらいは、言っておいたほうがよいと思っている。

(この一件がかたづけば、忠吾郎旦那に話してみよう)

とも算段している。

仁左は忠吾郎の生き方に深く共鳴しているものの、人宿の相州屋忠吾郎を中心に、寄子宿の住人たちの確たる一群が出来上がっているわけではない。だが、それはできようとしている。

仁左は坂道に歩を踏みながら、そのほうへ話題を持っていった。

「もう顔なじみになりなすったろう、向かいのお沙世さんさ」

「へえ、まったくちゃきちゃきの江戸の女といったお人でやすねえ」

「そうさ。そのお沙世さんが女の一分を立てなすった。俺たちゃあ、それに背を押されたみてえなもんさ」

「つまり忠吾郎旦那は、江戸庶民の一分を立てようとなさっている」

「そうさ」

「ふふふ。あの親分らしいや」

伊佐治は愉快そうな口調で言い、こんどは〝旦那〟と言いなおさなかった。

「そう、親分さ。お頭《かしら》と言ってもよいかな」

「おっ、お頭。そいつはいいや。これからそう称《よ》びやしょう」

伊佐治は肩の天秤棒をぶるると振り、二人の足は坂を上りきり、玉鳳寺の前に立った。山門を見上げ、無言でうなずきを交わした。

そこからは、それぞれの商いにまわった。

一人になり、背の道具箱にカシャカシャと音を立てながら仁左は、

(伊佐治どん、いい人なのだが、さらに俺の以前に疑念を持とうかなあ)

脳裡にめぐってくる。

(まあ、そのときはそのとき。いまはともかく堀川屋敷の一件だ)

雑念を払い、

「きせーるそーうじ、いたーしやしょう」

触売の声を上げた。

遠くから、伊佐治の〝ふるーぎ〟の声が聞こえた。

陽の沈むすこしまえだった。

札ノ辻の寄子宿に帰ったのは別々だった。

忠吾郎が待っていた。二人一緒に、あの母屋の裏庭に面した部屋に呼ばれた。

明かり取りの障子が閉められ、白い障子紙が夕陽を受け、朱に染まっている。

「用意はできたぞ。あさってだ」

忠吾郎は前置きを略し、開口一番に言うと貝殻を二人の膝の前に出し、玉鳳寺で法事の始まる時刻も告げた。

朱色を帯びた部屋の中には、たちまち昼間、染谷が来たときとおなじ、いや、それを上まわる緊張の糸が張られた。

「お頭、あっしらもすでに策を立てやした」

言ったのは仁左だった。

「お頭？」

「へえ、お頭で。仁左どんとさっき、親分がいけねえんなら、それで行こう、と」

怪訝な表情になった忠吾郎に伊佐治が応えた。

「ふふふ、くすぐってえぜ。だが、人前ではそんな呼び方をするんじゃねえぜ。みょうに思われらあ」

忠吾郎が言ったのへ、

(間違《まちげ》えねえ。このお人はもうその気になっていなさる)

仁左は確信を持った。

翌日、おクマたちから幽霊坂に一緒に行ってくれと言われることもなく、二人はそれぞれの仕事に出かけ、帰って来たのも別々だったが、暗くなってからふたたび二人は寄子宿を出た。おクマもおトラも気づかず、知っているのは忠吾郎ばかりである。

あした午前、堀川屋敷の奥方のお寺参りだ。女中頭がかならず供につく。おクマとおトラはきょうとあした、田町九丁目の高輪大木戸のあたりをまわると言っていた。だから一緒に行ってくれと言わなかったのだろう。好都合だ。

きょうも向かいの茶店の縁台では、となりに座り合わせたというだけで、

「ここの娘さんさね、見ん事武家地に打込み、女の一分を立てなすったのは」

「したが、あの愛宕山向こうのお武家地さ、打込んでくれる人はいないかねえ」

どちらも角帯をきちりと締めた、お店者《たなもの》の身なりだ。

女中を連れた商家のご新造《しんぞ》風が、湯飲みを手にしたまま話に加わった。

「それはあなたがた、無理と言うものですよ。打込むとすれば、殺されたお人の霊しかありませんよ」

「そう、そこが悔しいじゃないですか」

お店者の一人が真剣な顔で返していた。

二

その日が来た。

「あれれ。さっき井戸で一緒に顔を洗っていたのに、もういないよ」

「ほんとだ。小猿の伊佐さんもだよ。あの人のすばしこいのはわかるけど」

手拭を頭にふわりと乗せて着物の裾《すそ》をたくし上げ、商いへ出る用意をととのえたおクマとおトラが、仁左と伊佐治の部屋をのぞいた。

「ま、きょうも大木戸のほうだから、いいか」

「そうなるねえ」

言いながら寄子宿の路地を街道に出た。

お沙世の茶店はすでに開き、街道の一日は始まっている。

「きょうも稼いで来ねえ」

「あいよ」

と、おもてに出ていた忠吾郎から声をかけられ、同時にふり向いた所作などに衰《おとろ》えはない。まだまだ元気に働けそうだ。

忠吾郎は小半刻（およそ三十分）ほどまえ、まだ暖簾を出していない玄関口の軒端《のきば》で、仁左と伊佐治を見送った。お沙世はまだ往還に出ていなかった。

そのあとすぐだった。忠吾郎は街道を三田のほうへ向かう染谷結之助の姿を、まだまばらだった往来人のなかに見た。仁左とおなじ職人姿で、道具箱を担いでいた。中には脇差や十手などの入っていることは容易に察しがつく。

染谷の足元に視線を投げた。甲懸《こうがけ》を履いている。くるぶしから足首の上まで包みこむ紐《ひも》つきの足袋《たび》である。鳶《とび》職人などはあたりまえだが、草鞋《わらじ》をきつく結んだよりも自在に動ける履物だ。

仁左はいつも職人姿で草鞋を履いているがきょうは甲懸を履き、単《ひとえ》の着物を尻端折にした伊佐治は足袋に草鞋だった。足袋跣《たびはだし》になれば、動きは甲懸と変わりはない。それに二人とも商売道具は担がず、手ぶらだった。だがふところには、二つに分けた貝殻が入っている。

染谷も相州屋の軒端に忠吾郎の達磨顔が立っているのに気づき、軽く会釈《えしゃく》した。

（仁左と伊佐治は、忠吾郎は三田のほうへあごをしゃくった）

示したのだ。

わかったというように、染谷は軽くうなずき、相州屋の前を通り過ぎた。そのすぐうしろに二人がかりの大八車と、おなじ方向に向かう旅姿の武士がつづいていたが、いずれも染谷とは関係なさそうだ。

このあと染谷は、街道の田町六丁目のあたりから三田寺町への坂道を上った。幽霊坂は通っていない。

玉鳳寺の山門をくぐり、境内を掃《は》いていた小坊主に、

「すまねえ、ここに知り人の墓があり、近くまで来たついでにちょいと供養《くよう》をと思ってな。線香は持っていねえが」

「はい。どうぞ、よろしゅう」

小坊主は墓場のほうへ向かう職人の背に、竹箒《たけぼうき》を持った手をとめ鄭重《ていちょう》に合掌して見送った。

花を抱え、線香を持った参詣人が自儘《じまま》に出入りするのは、どこの寺でも見かける光景だ。職人が道具箱を肩に通りかかったついでに、供物《くもつ》や線香を持っていなくても不思議はない。むしろ、奇特な人と感心されるだろう。

本堂の横手から裏手にかけて墓場が広がっている。墓場の一部から、山門から

本堂へ向かう石畳の見えるのがありがたかった。

その広い墓場に立った。線香の煙がたなびき、朝早くからちらほらと墓参りの人の姿が見える。それらはいずれも町人の普段着の姿で、武家屋敷の奉公人には見えない。堀川家の女乗物が、山門をくぐるにはまだ早い時刻だ。

道具箱を担いだまま、ゆっくりと墓場に歩を拾った。

（どこにいる。気配さえ見せぬとは、大したものよ）

さりげなく周囲に目を配り、感じ入った。

（襲うなら玉鳳寺）

染谷は思っている。法要の読経《どきょう》が聞こえるなかを襲うか、それとも庫裡《くり》に入って休息しているところを狙《ねら》うか。いずれも無防備のときである。

（あの二人の力量は）

そこを見たいのだ。もちろん、

（手助けも）

考えている。玉鳳寺に迷惑のかからぬようにと言った、忠吾郎の言葉を、染谷は聞いていない。奉行の忠之は、染谷にそこが榊原家の菩提寺でもあることまでは、取り立てて話していない。話したのは、町奉行所が堀川家に警護を申し入れたのを、堀川家が断ったという件だけだった。武家の権門駕籠が町場へ出るのに、町人を恐れて町奉行所の警護を受けるなど、この上ない恥辱《ちじょく》なのだろう。

堀川家の屋敷では、

「奥方さまーっ、ご出立《しゅったつ》うー」

女中頭の声に、奥方を乗せた女乗物の駕籠尻が地を離れたところだった。

奥方は琴江《ことえ》といい、女中頭の由貴路の名とともに神谷町の控帳にも記され、町場にもながれたが、諸人にとって名などどうでもよかった。ともかく八百石の旗本で腰物奉行・堀川家の奥方と女中頭なのだ。

乗物は四枚肩《しまいかた》で先頭に女中頭が立ち、そのうしろに腰元が二人つき、つぎに女乗物で左右にまた腰元が一人ずつ歩き、うしろに二本差の若党が二人、最後尾に挟箱《はさみばこ》を担いだ中間が三人つづいた。供物が入っているのだろう。

庭の縁側に立ち、あるじの右京が用人の大河原定兵衛を従え見送っていた。

少しまえである。

奥の居間で右京と定兵衛が話しこんでいた。

「やはり奉行所の護衛、目立たぬようにと、受け入れてもよかったのではないでしょうか」

「そんなみっともないことができるか。奥には奉行所から申し入れのあったことも話しておらぬわ」

「奥方さまは、町場のようすをご存じありませぬ。由貴路どのが話していないのですから。町場で慮外者《りよがいもの》から、雑言《ぞうごん》を浴びせられぬかと心配でなりませぬ」

「なあに、あまりいい気分ではないが、奥に〝堀川家〟であることを隠すように言っておいた。奥は憮然《ぶぜん》としていたがのう」

と、その権門駕籠の一行が門を出た。駕籠の屋根にも中間の担いでいる挟箱にも布が掛けられ、堀川家の家紋がいっさい見えないようにしてあった。

武家にとって、罵声《ばせい》を浴びせられるよりも、このほうが屈辱的かもしれない。

居間に戻り、

「まあ、仕方あるまい」

「はあ……。なれど……」

達観したように言う右京に、定兵衛はなおも懸念《けねん》を拭い去れなかった。

案の定だった。

武家地は粛々《しゆくしゆく》と進んだものの、神谷町に入ると両脇は町家がつづいている。

武家の駕籠が通れば、町人は脇に避けるのが習わしである。

そのなかを女中頭の由貴路はおっにすまし、行列はしずしずと進んでいる。だが、町場のいずれもが、一連の事件のうわさを知っている。腰元も若党も中間、陸尺たちも、内心は気が気でない。

家紋を隠していても、町場にはお屋敷出入りの職人や商人がいる。腰元や中間の顔を知っている者もいるだろう。

「おっ。あれは堀川の！」

はたして気がつく者がいた。

「なに！　堀川？」

たちまち呼応する者がいて、

「へん、人殺しのご一行だぜ」

「ほう、あれが夜鷹殺しの行列かい」

嘲笑と非難の混じった声が飛んだ。町の声は、女乗物といえ容赦なかった。

「むむむ。無礼は許さんぞ」

駕籠のうしろの若党が走り出て、声は散発的なものに終わり、そのなかをまた駕籠の一行は進んだ。

赤羽橋に近づいた。

ここで梶山惣助がお智を斬ったことは、屋敷の者はみんな知っている。腰元の表情はこわばり、若党や中間、陸尺たちの顔も緊張を帯びている。

広場には幾人かの町人が出ている。それらのようすがぎこちない。橋の上にも町人が三、四人いて、欄干《らんかん》に身を寄せている。

渡りきった。罵声は飛ばなかった。

駕籠の中の奥方も、従者一同もホッとしたのが、その足取りからも看て取れる。

申し入れた警備を断られたものの、奉行の榊原忠之が定町廻り同心を遣《つか》わし、近辺の住人たちを、

「――武家の妻女に無礼があってはならぬぞ」

と、事前に抑えていたのだ。

忠之は同心たちに命じていた。

「――駕籠に、おまえたちの姿を見せてはならぬ」

武士の情けである。

一行は無事に赤羽橋を過ぎ、札ノ辻へ向かう往還からすぐ、片側が武家屋敷の

白壁で、もう一方に寺の壁がつづく閑静な枝道に入った。ときおり通る町人は、せいぜい行商人か参詣人くらいである。

それら武家地を抜け、左右とも寺が並ぶ寺町に入った。人通りはさらになく、閑静そのものである。

一行は歩を進めながら、あらためて安堵の息をついたことであろう。

前方の角を曲がれば、幽霊坂の上り坂である。

上ればそこが玉鳳寺の山門《さんもん》となる。

仁左と伊佐治は話し合っていた。

——上って来るのを仕留める

さきに玉鳳寺に入った染谷の思惑は、外れていたことになる。

曲がった。女中頭が、ついで腰元二人が……。

三

坂の中ほどの、多門寺と明王院にはさまれた、あの樹々の枝がせり出し隧道《ずいどう》のように暗くなった箇所である。

多門寺の樹木に仁左が登り、弓矢を構えている。腰には万が一、乱戦になった場合に備え、木刀に似せた仕込みを差しこんでいる。

きのう暗くなってから、仁左と伊佐治が出かけたのは、この弓矢と仕込みの木刀を、境内の隅の植え込みに隠して置くためだった。昼間、町人や職人が弓矢を手に町を歩くのは奇異である。

明王院のほうの樹木には、足袋跣になった伊佐治が手甲脚絆《てっこうきゃはん》を着けて登り、腰には仕込みの木刀で手には手裏剣が握られている。

明るいところから樹木のなかは見えないが、樹木からは枝葉の邪魔はあるものの、坂道のようすはよく見える。いずれも、足場に安定の取れる枝を見つけていた。ともに一打で命中させなければならない。二打、三打と放てば、樹々の上とはいえ居場所を見つけられる。

もちろん、鏃《やじり》と手裏剣にはあの毒薬が塗られている。しかも矢は、神懸《かみが》かった白羽を用意し、手裏剣には細く白い紐が一本結ばれている。これらを用意したとき、二人は顔を見合わせ、にやりとうなずいたものである。

（おっ）

二人同時に、心ノ臓の動きを高めた。

坂の下に年増の腰元が見えたのだ。そのうしろに若い腰元二人が随《したが》い、ついで腰元を左右に従えた女乗物が……。さらに二本差の若党が二人。

顔を知らなくても、先頭の年増の腰元が、衣装からも女中頭の由貴路であることはわかる。

――できるだけ引きつけてから。暗い箇所に入る直前に
仁左と伊佐治は話し合っており、息も合っている。

ゆっくりと、一行は近づいて来る。

弓弦《ゆづる》を引き絞るにはまだ早い。

いずれの寺からか、木魚の音が聞こえてくる。

かすかに読経の声も聞こえ、線香の香もただよってくる。

堀川家の面々には、通りなれた道である。樹々の隧道のように茂った箇所を過ぎれば、すぐ前方に玉鳳寺の山門の見えることも、一同は知っていよう。

(よし)

仁左は大きく息を吸うとともに弓弦を引き絞り、伊佐治は手裏剣を持った手を頭上に振りかぶり、ともに息を止めた。

先頭の女中頭の足が、あと一歩で暗い木陰に入る。伊佐治から女中頭までほぼ

三間（およそ五米《メートル》）、手裏剣には確実に打てる射程である。

「えいっ」

伊佐治が手裏剣を打つのと、白羽の矢がそのうしろの女乗物の簾《すだれ》の窓をめがけて飛ぶのが、ほぼ同時だった。

「うっ」

女中頭は首を押さえ、よろめいた。

「きゃーっ」

悲鳴は駕籠の横の腰元だった。目の前になにやら白い物が走ると、

「うぐっ」

駕籠の中にうめきが聞こえ、目をやると窓の簾を貫いた矢の、白い羽根がそこにあるではないか。

前面では、

「由貴路さま！　由貴路さま！」

「いかがなされました⁉」

歩み寄って両脇からその身を支えた腰元が、

「ひーっ」

この段になって初めて悲鳴を上げた。由貴路の首を押さえた指のすき間から手裏剣の柄《つか》が見え、白い細紐が垂れ下がり、それがみるみる朱《あけ》に染まり、口からも血が流れ出ていたのだ。両脇から支えた腰元二人は急に重さを感じ、ふたたび悲鳴を上げた。由貴路は両脇を支えられたまま、うめき声とともに片方の手で空《くう》を掻《か》きむしるように悶《もだ》え、息絶えたのだった。

「いかがなされた！」

駕籠のうしろに歩を取っていた若党二人は、まだなにが起こったか理解できていない。一人は前面に走り、背後から女中頭を腰元たちと一緒に受けとめるように支え、もう一人は駕籠に駈け寄って窓の簾を引きちぎり、

「おおぉぉぉ」

声を上げた。

四人の陸尺はそれらの騒ぎに驚き、ゴトリと駕籠尻を地に落とし、背後の中間三人は挟箱を担いだまま、

「うへーっ」

逃げ腰になっている。

奥方の胸に刺さった矢は、心ノ臓を外れていた。無理もない。駕籠の中に見え

ない相手を、目測で射たのだ。

息はまだある。しかし至近距離だ。深く刺さっている。この場で抜くことはできない。どこから飛来したかなどより、

「早《はよ》う！　玉鳳寺へ、さあ」

「へへ、へいっ」

四人の陸尺はふたたび担ぎ棒に肩を入れた。

このとき、樹上に仁左と伊佐治の姿はすでになかった。ともに命中したことを確認するなり地に飛び下りていた。その音を聞いた者はいない。駕籠の一行はいずれも動顚《どうてん》の極《きわみ》にあったのだ。

植込みの陰に足をつけた仁左と伊佐治は、対手《あいて》の生死を確認していない。する必要はない。いま生きていても、時を経れば確実に死ぬのだ。

素早くその場を離れた。弓矢を本堂の床下に隠し、人に見られず寺を出る経路もすでに確認している。

急いだ。

二人が落ち合ったのは、赤羽橋のたもとだった。そのとき二人とも、なんと紺《こん》

看板《かんばん》に梵天帯《ぼんてんおび》の中間姿を扮《こしら》えていたではないか。しかも仁左も伊佐治も、腰の背に差した中間用の木刀は仕込みである。

二人はうなずきを交わし、神谷町を経て愛宕山向こうの武家地に向かう町場を急ぎ足になった。さっき、女乗物の一行がしずしずと通った往還である。走ってはいない。往来人で、何事と振り返る者はいない。

だが、武家地に入ってからは走った。

疲れを残さず、現場から大急ぎで駈けて来たかたちをつくる必要があったのだ。

玉鳳寺に入っていた染谷はなにを見たか。

まだ墓場をゆっくりと、本堂、方丈、庫裡の建物に仁左と伊佐治の気配を探り、山門のほうにも動きはないか気にしながら、誰の墓ともわからない墓石群に合掌をくり返していた。

「おっ」

中間が一人、駈け込んで来た。本堂への石畳から踏み出し庫裡のほうへ駈ける。その駈け方が尋常ではない。

（なにごと！）

そのほうへ急いだ。

「な、なんと⁉」

若党が年増の腰元を背負い、それを若い腰元たちが支えて山門に走り込み、さらに四枚肩の女乗物が走り、屋根に手をかけた若党が付き添って走り、あとにまた腰元や中間たちがつづいているではないか。

墓場にいたのは染谷だけではない。それらが何事かと本堂や庫裡のほうに、線香や水桶を手にしたまま駈けた。

方丈や庫裡から、寺僧や寺男たちが驚いたようすで走り出て来た。

駕籠の戸が引きはがすように開けられた。

「おぉぉ」

染谷の目に、中の女性《にょしょう》の胸に白羽の矢の刺さっているのが見えた。

襲われたことをようやく理解したが、役人ではなく職人姿では近づいて生死の確認を取ることはできない。

（どこで、あそこしかない）

道具箱を担ぎ、権門の女乗物一行の騒ぎを背に染谷は山門を急ぎ出た。

異状に気づいたか、逆に山門へ駈け込む男や女たち数人とすれ違った。

幽霊坂を駈け下りた。中ほどの隧道のような樹木の陰を抜け出たところ、

「ここだ」

数滴の血のあとを見つけた。気をつけていなければ見落とすほどの痕跡だ。

ふり返り、樹木の茂みを見上げ、

「ふむ」

うなずいた。

坂の上から若党と中間が走り下りて来て、途中にたたずむ大工姿の染谷の横を駈け抜けた。駕籠の一行から、屋敷への第一陣である。

染谷はあとを追うように坂を下り、赤羽橋とは逆の札ノ辻に向かった。

さっきの若党や中間たちのように走れば目立つので、急ぎ足で歩を進めた。それでも隠密廻り同心の足だ。常人が走っているほどの速さはある。

午前《ひるまえ》である。茶店の縁台には、お店者風やご新造風の客が座り、お沙世が茶を運び、話を交わしている。聞かずとも話の内容は分かる。うわなり打ちの件であろう。

忠吾郎は軒端に出ていた。なにかを待つように見えたのは気のせいではなかっ

た。急ぎ歩み寄る染谷の姿に気づくと、あごで暖簾のほうをしゃくり、中に入った。染谷はうなずき、あとにつづいた。

奥の裏庭に面した、いつもの部屋である。

座るなりお茶もまだ出ていないなか、双方とも身なりに似合った伝法な口調をつくった。

「見なすったかい」

「じゃありやせんぜ。裏をかかれやした」

と、染谷はそのときの寺のようすを話し、

「奥方と女中頭の生死は確認しておりやせんが、あれを使ったのなら、どんな医者が駈けつけても、もうどっちも助かりやせんや」

「ほう」

「ほうじゃありやせんぜ。で、あの二人はいまどこに」

「それはわしも知らん。策は二人に任せておるでなあ」

「うーむむ」

染谷はじれったそうにうめき、

「ともかくあっしはこのことをお奉行に。あとでまた来まさあ」

道具箱を担ぎ、出て行った。中には脇差に十手、捕物道具が入っている。相州屋といえ預けておくわけにはいかない。

その背を目で見送りながら、

（そうか、殺《や》ったか。ならばいまごろ……）

忠吾郎は表情を引き締めた。

四

「ご注進っ」

「大変にござりますーっ」

仁左と伊佐治は堀川屋敷に駈け込んでいた。中間姿である。

門番は驚いて母屋《おもや》につなぎ、用人の大河原定兵衛が、

「なに、由貴路どのからの緊急の使者じゃと！」

すり足で玄関の式台まで出て来た。腰には脇差を帯びている。

仁左は玄関口の土間に片膝をつき、左手を帯にあて、右手を土間についた姿勢で、

「わたくしども、三田寺町に隣接する屋敷の中間にございます」

「ふむ。さあ、用件を申せ！」

定兵衛は慌てている。いずれの屋敷かを質《ただ》さぬままさきを急かした。

背後で小柄の伊佐治は仁左の背を真似《まね》、おなじ姿勢を取っている。

「――伊佐どん。あの屋敷に入れば、すべて俺に倣《なら》い、言うとおりにするんだぜ」

仁左は言っていた。伊佐治は武家屋敷に慣れておらず、作法も知らない。

「――任せまさあ」

伊佐治は返していた。

表門に飛びこんだときから玄関口までが、その第一段階である。

――幽霊坂のあと即座に堀川屋敷に走る
当初からの策だった。このとき屋敷の人数は半減しているはずだ。

（――できれば堀川右京と大河原定兵衛を同時に）

仁左は策を練った。

しかし、良案が浮かばない。忍びのように、深夜に侵入するのではない。

熟慮の末が、

（――一人ずつ、成り行きに任せる）

であった。

その臨機応変の策が、門に駈け込んだときから始まっているのだ。門番に告げる口調は、正真正銘、息せき切っていた。門番はそれによって〝緊急〟を信じ、なにを疑うこともなく母屋につないだのである。

案の定だった。大河原定兵衛も、息せき切った中間姿に信を置いたか、さきを急かしている。

「はっ。三田寺町の幽霊坂にてご当家のお籠駕が何者かの一群に襲われ、わたくしどもの屋敷に逃げこまれ、門の周辺にて乱戦となり……」

「な、なんと！」

定兵衛は足袋のまま土間に飛び下りた。町場で罵声を浴びせられたどころではない。

背後で伊佐治も驚いている。仁左の口上はまえもって考えていたものではない。いまこの場で思いつき舌頭《ぜっとう》に乗せているのだ。

口上はつづいた。

「ご当家のお女中頭さまと、わたくしどものあるじが申しますには、ご当家のお殿さまかご用人さまへ直接に……」

定兵衛の背後には若党が一人、腰元が一人出て来ており、庭先にも門番の驚愕しながら立っている気配を感じ、

（まずい）

判断したのだ。

「中間の身でお畏《おそ》れながら、お人払いのほどを」

「ふむ。相分かった」

定兵衛は興奮を懸命に抑えようとしている。

「これ、その方ら、座をはずせ。ふむ、そうじゃ。こっちへ上がらっしゃい」

定兵衛は土間に下りた足袋のまま板敷きに戻り、二人を案内したのは、玄関脇の使者ノ間だった。

中間がそのような部屋に上げられるなど、普段ではあり得ないことだ。

「へい」

と、仁左は恐縮する態《てい》で腰を折ったまま定兵衛につづき、伊佐治もおそるおそる仁左の所作を真似てつづいた。

部屋に入った。

立ったままである。

定兵衛はふり返り、

「で、いかように。奥方さまは？」

「はっ。お廊下にも聞こえてはなりませぬ。恐縮ながら」

「わかった」

畳に片膝をつけ、首《こうべ》を垂れて言う仁左に定兵衛は応じ、廊下に顔を出し、

「その方ら、心配はいらぬ。しばらく離れておれ」

「はっ」

「……あい」

若党につづいて腰元の声も聞こえ、足音が遠ざかり、定兵衛は襖《ふすま》を閉め、ふたたび片膝をついている仁左の前に立った。

「さあ、人払いをした。遠慮はいらぬ。申せ」

つとめて落ち着いた口調をつくっているのが感じられる。仁左の息せき切ったもの言いは尋常に戻り、背後で伊佐治がおなじように畏《かしこ》まっている。

「さあ。奥方さまはいかに」

「はあ。それが、かような仕儀に」

言うなり腰の背の仕込みを抜き放った仁左の身は、定兵衛めがけて跳び上がり、

「なりましてござるーっ」

「うぐっ」

背後の伊佐治は驚愕のなかに定兵衛のうめき声を聞いた。

仕込みの切っ先が定兵衛の脾腹《ひばら》に喰いこみ、心ノ臓に突き上げられていた。

女中頭以上に即死である。

仁左は仕込みを引き抜くなり横っ跳びに血しぶきを避け、崩《くず》れ落ちる定兵衛の背を背後からつかんで畳に音の立つのを防ぎ、

「伊佐どん！　こやつ、切腹のかたちにいっ」

「わ、わかった」

ようやく事態を呑みこんだ伊佐治は腰を上げ、崩れ落ちた定兵衛の身を起こし、その腰から脇差を抜いた。

座らせてそれを持たせ、また前に倒した。

切腹したかたちはできた。

「よいか、奥へ斬り込むぞっ。下向きになり顔を見せるな！」

「えっ。あ、わかった」

伊佐治は解した。

「目指すは右京一人、つづけっ」

「おうっ」

二人は仕込みの木刀を腰の梵天帯に差しなおした。

このとき、玉鳳寺を出た堀川家の若党と中間は走りに走り、往来の者の注視を浴びながら神谷町を過ぎ、愛宕山脇の武家地に走り込もうとしていた。走る二人にとっては、これが屋敷への第一報となるはずである。

仁左は襖を荒々しく開けて飛び出し、叫んだ。

「方々あーっ、一大事にござりまするうっ」

廊下を奥に向かって走る。

伊佐治がうしろにつづく。

奥から若党や腰元が走り出て来た。屋敷に残っているのは腰元一人に若党が二人だけだった。中間は門番を入れて二、三人か。あとは裏手のほうに飯炊きの下男下女のみである。

廊下を走り来る若党と腰元に仁左は、

「ご用人さまが、ご用人さまがあっ、ご自害召《め》されたあっ」

「さっきの部屋でえっ」

伊佐治があとをつないだ。

「なにいっ」

庭に面した廊下である。

顔を伏せたまま、若党とぶつかりそうになり、

「早《はよ》う！　使者ノ間にござりますうっ」

「おう」

すれ違った。

さらに仁左はあとにつづいて来た腰元に、

「このこと、殿さまにいっ。いずれに在《おわ》しますうっ」

「こ、この奥うっ。さあ、早く！」

腰元は中間姿の仁左に向かって奥を手で示し、つづいた伊佐治にも、

「この奥ですっ」

声をかけるなり、足音を立て先を走る若党につづいた。

仁左の攪乱《かくらん》作戦は奏功《そうこう》した。

「とのーっ、とのーっ。いずれにーっ」

奥へ走った。

およその間取りは頭に入っている。

奥の居間から、

「いかがいたしたぞ。さっきから騒々《そうぞう》しい」

大きな声が聞こえた。

仁左は走りこみ襖を引き開けた。

着ながしに無腰の武士が立っている。

仁左はすかさず仕込みの木刀を左手に片膝を畳につき、

「堀川家の殿にございますな」

「いかにも」

右京が応えると同時に、

「ご免！」

身を起こすなり仁左はふたたび仕込みを素《す》っ破抜《ぱぬ》き、対手《あいて》の胸から首筋にかけて斬り裂き、脇をすり抜けた。

「な、な、なにーっ」

右京は瞬時、なにが起こったかも判らなかったろう。

血しぶきを上げふらつく右京の脾腹を、

「死ねやーっ」

伊佐治が刺し貫き、素早く引き抜いた。喧嘩慣れしている。

「こっちだ、伊佐どん。逃げるぞ」

「おぉう」

伊佐治はつづいた。

背後に右京の崩れ落ちる音を聞いた。すでに絶命している。

廊下に走り出た。

裏庭だ。見覚えがある。定兵衛と立ち話をしたあの庭だ。

「つづけ」

仁左は走り、伊佐治はつづいた。

無人の裏門を出た。

白壁に挟まれた路地だ。すでに一帯の地理は熟知している。

表門に玉鳳寺から走って来た若党と中間が駈け込んだ。

そのときの驚愕と混乱は想像に絶しようか。

すでに屋敷には、統率する者がいなくなっている。

玉鳳寺ではこのころ、奥方の琴江が息を引き取っていた。

五

「伊佐どん、それじゃまずいぜ」

仁左は言った。

伊佐治は腕と袖《そで》に返り血を受けていた。

「あっ、いけねえ」

と、天水桶《てんすいおけ》を見つけ、桶を積み替えるふりをし、手と袖を洗った。武家地で中間姿だからそれができる。

「このあとどうする」

「あぁ、ついて来なせえ。伊佐どんに引き合わせておきてえ人がいてなあ。それに、着替えもしなくちゃならねえ」

仁左は先に立って歩き出した。

まだ武家地がつづいている。愛宕山下に出て、堀川屋敷のあたりよりもさらに豪壮《ごうそう》な門構えと長い白壁の大名屋敷がつながる閑静《かんせい》な往還の隅を、中間姿の二人は黙々と歩き、ようやく雑多な町場に入った。

午《ひる》すこし前の時分になっていた。

いきなり雑多な家々や商舗のならぶなかに入り、

「ほう、こんなところに出るんですかい」

「そういうことだ」

歩をゆるめ、伊佐治の言ったのへ仁左は返した。武家奉公の中間姿ながら、二人とも町場にホッとしたものを感じている。芝大神宮《しばだいじんぐう》の門前町だ。諸人《もろびと》のあいだでは、神明宮《しんめいぐう》の名で知られている。

「おっとっと」

「へい、ご免なすって」

と、人の行き交う息吹《いぶき》のなかを南に抜ければ、広場のような大通りに出る。

「おぉう。これはすげえ」

伊佐治は目を瞠《みは》った。

増上寺の、大門《だいもん》の大通りだ。

相州屋の寄子になってから、伊佐治は札ノ辻から田町の街道筋や三田寺町に魚籃坂のあたりをまわり、増上寺や神明宮の門前にはまだ足を踏み入れていなかった。

見上げるような真紅の太い柱の観音開き門で、諸人はそれを大門《だいもん》と称《よ》び、増上寺の寺域と町場とを分ける境となり、江戸で大門といえば増上寺を指すほど、広く知られている。

大門から東に延びる広場のような大通りは、一丁（およそ二百米《メートル》）ほどで南北にながれる東海道と交差している。両脇には増上寺門前の格式を誇る料亭や茶店などが暖簾をはためかせ、茶店などは大通りに出した縁台に赤い毛氈《もうせん》をかけ、大きな日傘を立てている。

通りには風車売りやお面売りの香具師《やし》がならび、そば屋や汁粉《しるこ》の屋台からは絶え間なく呼びこみの声が聞こえ、その横では奇抜な衣装の飴《あめ》売りが太鼓を叩きながら舞っている。

往来人は増上寺や神明宮への参詣人ばかりではない。毎日が縁日のようなにぎわいを楽しむ行楽客も多い。町人にまじって供を連れた武士もおれば、にぎやかなど新造の一群もいる。

そのなかに歩を踏めば、中間姿でもさきほどの武家地のように、遠慮して道の隅を壁すれすれに歩く必要はない。供を連れた武士の前でも横切れる。

その人いきれのなかを南に横切れば増上寺の門前町である。大門に一番近い片門前一丁目が、格式が最も高いとされているが、いくらか離れた中門前一丁目の旅籠《はたご》や料理屋、茶店もなかなか華やかな構えだ。

だが片門前も中門前も大通りから町なかに入れば、商舗は小振りになり、路地には飲み屋や女郎屋が顔を見せ、二丁目を過ぎ三丁目になると、飲み屋など飲食の店はまばらになり、雑多な家が右に左に軒を寄せ合い、木賃宿や長屋などが建ちならび、やがて古川の土手に出る。

二人はいま、中門前の二丁目あたりの枝道に歩を拾っている。小田原で無頼《ぶらい》の看板を張っていた伊佐治には、この門前町の裏通りの雰囲気はたまらない。幽霊坂で毒塗りの手裏剣を打ち、つづいて堀川屋敷では仕込みに血しぶきを上げたことなど、すっかり忘れたように、まだ昼間で脂粉《しふん》の香もなければ女の嬌声《きょうせい》も聞こえてこないがそれを想像してか、

「ほう、ほうほう」

飲み屋や岡場所のある路地を、のぞきこみながら歩を取っている。

「このさきが古川の土手だ」

「あっ、わかった。行き先は裏仲の弥之市!」

仁左が言ったのへ、伊佐治の声は弾《はず》んだ。

古川土手の夜鷹殺しから赤羽橋のお智殺しまでの経緯は、忠吾郎から詳しく聞いている。だから仁左と一緒に体を張る気になったのだが、そこに裏仲の弥之市の名は幾度も出てきた。

「——ほう、お江戸じゃ貸元のことを店頭《たながしら》というのですかい」

と、耳慣れない言葉に感心したものだ。店頭が即バクチ打ちとは限らないから、その呼び名のほうが合っている。もちろん店頭が賭場《とば》を開帳しなくても、縄張内《しまうち》にそれを望む者がおれば容認し、ちゃっかり場所代を取っている。

その店頭で増上寺の門前では、一番隅っこの弥之市が最も奮闘《ふんとう》した。その名が忠吾郎の口から出るたびに、

(一度、会ってみてえ)

思っていたのだ。

その弥之市の名が出ると、足もさらに弾んだ。

裏仲の弥之市のほうでも、お沙世のうわなり打ちの話がながれるなか、

（相州屋のお人ら、その後どうしていなさる）

思っているところだった。互いに合力しあったばかりでない。それによって弱小であった裏仲の弥之市一家は同業から一目置かれ、指も差されぬ地位を築いたのだ。当然、縄張を狙っていた同業はおとなしくなり、抗争の火種は消えた。

そこへ仁左が顔を出したのだから、事前のつなぎがなくても、

「おぉう、これは仁左どん」

と、一家を挙げて迎え入れた。

伊佐治に対しても、小柄ながらすかさず同類の臭いを嗅ぎ取ったか、

「そうかい、相州屋さんの寄子で。ほうほう。さすが、すばしっこそうなお人で」

さっそくその身に、ただ者ならぬ雰囲気を感じ取ったようだ。

代貸の辛三郎は地まわりに出かけているようだ。

奥の部屋に入るなり弥之市は立ったまま、

「どうしなすった」

たちまち緊張の態になった。伊佐治の袖と腕は天水桶で洗ったものの、中間姿

の随所に小さな血の跡がついている。よく見ると、首筋にも……。それは仁左にもあった。外では気づかれなかったものの、さすがに裏仲の弥之市か、身近に向かい合うなり愛嬌のある丸顔ながら即座に気づいた。

「理由《わけ》はあとで。ともかくこれをあらためてえ。若い衆の着物と帯を二人分、貸してくれやせんかい」

「わかった。おう、染みが残らねえよう、早《はよ》う洗って差し上げろ」

弥之市は仁左に頼まれると即座に若い衆に命じ、単の着物が出され仁左と伊佐治がひと息つくのを待っていたように、

「さあ。聞きやしょうかい。着替えだけじゃねえ。用があって来なすったのだろう」

「図星ですぜ、親分さん」

仁左は話しはじめた。

部屋の中に、あぐら居で向かい合っている。

「巷《ちまた》に、あの堀川屋敷へ天誅《てんちゅう》が下らねえかとの声が満ちておりやしたが、きょう、いましがたでさあ。下りやしたぜ」

「なんですかい、それは」

弥之市がなかば笑い顔になったところへ、玄関のほうが不意に騒がしくなった。辛三郎が地まわりから帰って来たのだが、それにしては若い衆を連れておらず、しかも息せき切っている。

「親分！　愛宕山向こうの武家地でっ」

部屋に入るなり言いかけたのへ弥之市が、

「静かにしねえかい。お客人だぞ」

「あっ、これは失礼を」

辛三郎は端座になり、仁左とはすでに影走りをした仲だが、伊佐治を弥之市から引き合わされた。

やはり辛三郎も同業の臭いを嗅ぎ取ったか、

「手前、辛三郎と申しやす。以後よろしゅうお見知りおきを」

鄭重に挨拶をした。仁左は以前から感じていたが、〝辛〟の字はこの道に入ってから自分で付けた名のようだ。

その間にも仁左は辛三郎のようすから、

（ほう、もう聞きなすったか）

と、耳の早さに感心し、伊佐治が挨拶を返すなり、

「愛宕山向こうの武家地とは代貸さん……」

言いかけたのへ弥之市が、

「そう、それよ。堀川屋敷じゃねえのかい。さっき仁左どんからそれを聞いていたのだ。天の裁き、天誅が下ったってえ話を」

「えっ、ご存じだったので？」

「いや。俺たちもさっき聞いたばかりで、それでここへ」

仁左は応え、代貸の辛三郎が話を引き取るように、

「そうなんでさあ。まさしく天誅で、堀川の殿さんが白昼、得体の知れねえ何者かに殺されたそうで」

「えぇえ！　本当だったのか！」

「へえ。あの一帯はいま大した騒ぎになっていて、若い者《の》を二人そこに張りつけ、あっしだけともかく親分にと急ぎ戻って来た次第で。おっつけそいつらが詳しい話を持って帰って来やしょう」

三田寺町の〝天誅〟はまだ伝わって来ていないようだ。

「うーむ」

弥之市はうなり、仁左と伊佐治に視線を向け、

「まさか、おめえさんらが……」

「おっと、親分さん。そのさきは訊かねえでくだせえ。俺たちも、代貸さんとおなじことを知らせに来たのでさあ。それに、あるじが屋敷で天誅に遭《あ》ったのなら、奥方もどこかでおなじ目に遭っているかもしれねえ。そういう話を聞いたら、すべては天の裁きが下った……と、この界隈《かいわい》の人らに伝えてくんねえよ」

横で伊佐治はうなずいていた。そのために手裏剣に白い細紐を結び、仁左は白羽の矢を射たのだ。堀川屋敷では中間姿を見せたが得体は定《さだ》かではなく、屋敷の者たちがあれよあれよという間に姿を消している。

「うーむ」

弥之市はまたうなり、

「わかったぜ、相州屋の人ら」

と、さすがに無頼の看板を張っているだけあって、呑みこみは早かった。

「わかってもらってありがたいぜ」

仁左は返し、

「それじゃ俺たち、これで帰《けえ》らしてもらわあ。洗い物、礼を言いやすぜ。この着物はあとで返さあ」

「あはは。そのまま使いなせえ。奥方の話、どんなうわさがながれて来るか楽しみにしていやすぜ。天誅がふたつか」

弥之市は得心したように仁左と伊佐治に視線を据えた。

三田寺町で堀川家の奥方と女中頭が息を引き取ったうわさも、きょう中にはながれて来ようか。

それらは増上寺門前から江戸市中にながれ出ることになるだろう。この種のうわさの出どころとして、増上寺門前は申し分ない。

しかし、仁左と伊佐治にとって、事態はまだ終わったわけではない。

気になることがあった。

六

古川の土手を歩きながら、二人は話している。単の着ながしに木刀を差しているのでは、まともな町人には見えない。それが仕込みとあればなおさらだが、そこまで気づく者はいない。

昼間の土手に人通りはない。

ゆっくりとした歩調で、街道の金杉橋のほうへ向かっている。

「見られやしなかったかい」

仁左がこの機会を待っていたように言った。堀川屋敷を走り出たときから、ずっと気になっていたことだ。弥之市一家の住処《すみか》に入るまでは、まだ心に落ち着きがなく、切り出す余裕がなかった。

「あ、あぁ。あのとき……の」

と、伊佐治も気になっていたようだ。

堀川屋敷に駈けこんだとき、正門では顔をうつむき加減にして大事を告げ、門番は愕然として二人の顔を確かめもしなかった。屋内でも用人に対しては片膝をつき顔を下に向けていたため、髷と肩しか見られていない。

しかし、廊下ですれ違った腰元である。右京の所在を〝いずれに〟と聞いたとき、顔を上げざるを得なかった。腰元も大慌てながら〝こ、この奥うっ〟と仁左の顔に視線を投げており、伊佐治にも声をかけ、互いに顔を見合っている。

「いくらか角張った面《おもて》に、右目の下に泣きぼくろがあった」

「えっ、そこまで見てやしたかい。あっしはただ、いま思えば、色が白く……」

「のようだった」

「で、まさか……」

「うっ。できるけえ、そんなことが」

「だ、だったら、どのように」

伊佐治は、不意に恐怖の念に駆られた。無頼の修羅場を幾度もくぐり抜けてきた身であれば、ほんのわずかな失策《しくじり》が、あとで大きな破綻《はたん》につながりかねないことは心得ている。

もちろん、仁左も同様である。だからこそ、つとめて落ち着いた口調で、

「まあ、なんとかなろうじゃないか」

「忠吾郎のお頭《かしら》に下駄を……ですかい」

「さよう」

つい武家言葉が出た。伊佐治は気がつかなかったようだ。

二人の足は土手を上がり街道に出た。

大八車の響きとともに金杉橋を渡り、浜久の暖簾の前を過ぎた。荷馬や人や町駕籠の行き交う街道のようすに、なんの変わりもない。三田寺町からはむろん、愛宕山向こうの武家地からも、まだうわさはながれてきていないようだ。

街道に出てから、二人の足は速くなった。

陽が西の空にかなりかたむいている。

午前と同様、忠吾郎は待っていた。それにもう一人、裏庭に面したあの部屋で遊び人姿の染谷結之助が一緒にいた。

さすがに奉行所で、三田寺町の異変は染谷の報《しら》せが第一報となったが、北町奉行所が寺社奉行支配の寺町へ隠密の物見《ものみ》を出そうと手配しているときに、愛宕山ふもとの武家地から異変の報が入った。榊原忠之の命で染谷が大工職人姿を遊び人姿に変え走った。

堀川屋敷は混乱の極にあった。だが目付支配の地であれば、十手をふところに屋敷内へ探りを入れることはできない。

(こいつは相州屋に訊いたほうが早かろう)

判断した染谷は、その足でふたたび田町の札ノ辻に急ぎ、

「お奉行のご下知《げじ》なれば」

と、最初だけ武家言葉を使い、忠吾郎と一緒に、仁左と伊佐治の帰りを待っていたのだ。

二人は速足で戻って来た。お沙世の茶店は通常なら縁台でひと息つく客の絶え

る時分だが、相変わらず普段とは異なる層の客が座っている。いまなお客同士で、〝女の意地〟を語り合っているのだ。

寄子宿への路地に入ろうとしたところへ、ちょうどお沙世が店の中から盆を持って、いましがた帰った客の湯飲みを下げようと往還の縁台に出て来た。

「あらら、仁左さん、そのかっこう。きょうはお仕事じゃなかったのですか。伊佐治さんも」

「おう、お沙世さん。ちょいと野暮用《やぼよう》でなあ」

「そうなんだ」

二人は返し、さっさと路地に入った。二人とも商いの衣装ではなく、遊び人の風体《ふうてい》で腰に木刀を帯びている。その背をお沙世は、

（やはり、なにかある）

首をかしげ見送った。あしたになれば、縁台の話題はうわなり打ち以上に強烈な、驚愕すべきものに変わることだろう。

路地に入った二人は、その足で母屋の裏庭に面した部屋に上がった。

「ほう、仁左さん。そちらのお方も、いま愛宕山向こうからお帰りですかい。それにしては遅かったようだが」

忠吾郎に事の次第を話すよりも早く、染谷が言ったのへ仁左は、

（さすが奉行所）

と、頼もしく思ったが、伊佐治はまだ染谷結之助を知らない。自分たちとおなじ遊び人姿だ。戸惑いとともに、染谷を探るような目つきで見た。

だが、話は進んだ。

「三田の幽霊坂につづき、堀川屋敷でも天誅か女たちの霊でやしょうか、あるじの堀川右京と用人の大河原定兵衛がそろって急死しやして」

「えっ、二人そろって！　なるほど収拾のつかぬほどの混乱ぶりだった」

他人事のように言う仁左に染谷は返した。

ここにいたってようやく伊佐治は、

「こちらのお人は？」

忠吾郎に問いを入れた。

「そうそう。おめえにも引き合わせておくべきじゃったが、いい機会だ」

忠吾郎は応じ、

「なにかと奉行所につなぎのつけられるお人でなあ」

「えっ、そんなら増上寺の店頭とは真逆の、岡っ引の親分かなにかで？」

「まあ、そのようなもんだと思ってくだせえ。親分などじゃなく、染《そめ》と呼んでくれりゃありがてえ」

伊佐治の問いに染谷は応えた。仁左とは親しそうに、それに忠吾郎には相応の礼を取っているように見受けられ、伊佐治はなんとか得心したようだ。

(なるほど、うまい具合に言ったものだ)

仁左は内心うなずいた。

話は中断したが、ふたたび進んだ。

仁左は言った。

「その天誅の最中《さなか》にまずいことがありやして……」

と、〃天誅〃を下した一人が、腰元一人から顔を見られたことを話した。

「そりゃあまずい」

言ったのは染谷だった。

「で、その腰元の名は」

「わかりやせん。ただ……」

と、仁左はその腰元の顔立ちを話した。

染谷はうなずき、

「それじゃ旦那、あっしはさっそく大旦那にこのことを」

ここでは染谷までが、奉行のことを〝大旦那〟などと呼んでいる。

「ふむ。そうしてくれ」

言う忠吾郎とうなずきを交わし、早々に退散した。

まだ伊佐治はいくらか疑念を残したままその背を見送ったが、三人となった座はあらためて忠吾郎への詳細な説明の場となり、仁左と伊佐治が交互に語った。

もちろんそこには、裏仲の弥之市にうわさを広めてくれと依頼したことも含まれていた。

「ふむ、ふむ」

と、忠吾郎はうなずきながら聞いていた。

陽が落ちかけている。

おクマとおトラが帰って来た。

「おや。仁さんも伊佐さんも、もう帰っていたかね」

「あたしらもいい商いができてさ、あしたも田町六丁目から七丁目にまわるよ」

婆さん二人は陽気そうに言う。水子の話はなく、玉鳳寺からのうわさはまだ広まっておらず、愛宕山向こうの一件もまだまだ街道を走っていない。

だが田町六丁目、七丁目といえば、高輪大木戸の手前で、海辺とは逆の西方向への坂道をちょいと上れば、幽霊坂や玉鳳寺のある三田寺町なのだ。

夜更けてから、仁左と伊佐治は忠吾郎に見送られ、寄子宿の路地から街道に出た。向かいの茶店は雨戸が閉められ、街道に人通りも絶えている。多門寺と明王院の本堂の縁の下に隠した、それぞれの着物と弓矢の回収である。

街道に人影がなければ、寺町はなおさらである。まして寺の裏の壁を乗り越えるなど、二人にとっては苦もないことだった。

「水子の霊が、悪さしていなきゃいいのだが」

「まあ、あれが出るのは朝早いうちか昼間だから、大丈夫だろう」

話しながら幽霊坂を上っている。伊佐治も仁左から聞き、その正体に気づいているようだ。

着いた。

坂道から二人の影は消え、すぐに出て来た。

「大丈夫だった。水子の霊に悪さはされていなかった」

「こっちもだ」

と、二人は風呂敷包みを小脇にかかえ、仁左は弓もかかえていた。

来た道を返し、低声で話した。

「これを回収して一件落着のはずだったんだが、腰元に顔をもろに見られちまったのはまずかったなあ」

「お頭があの染さんとなにやら話し、なんとかなりそうなようすだったが、どうなるんだろう。まさか、口を封じるなんて……」

気になるところである。

「それにしても、仁左どん」

と、伊佐治が話題を変えるように口調をあらためた。

二人の草鞋《わらじ》の足音がかすかに聞こえる。

「なんでえ」

「仁左どん、ほんとうは、なんなんだい」

ふたたび訊いた。こたびの策はすべて仁左が立て、差配した。仁左からみれば、無頼上がりとはいえ元軽業師で手裏剣の名手が奏功《そうこう》したか、

(伊佐どんは期待以上に応えてくれた。忠吾郎旦那は、いい配下をお持ちだ)

である。

しかし伊佐治からすれば、幽霊坂の策は完璧《かんぺき》であり、堀川屋敷でも正面突破の打込みなど、度胸もさりながら武家の内情を知りつくしていなければできない、鮮やかな動きとしか言いようがない。

「ほんとうはなどと訊かれても、相州屋に世話になっている羅宇屋でございとしか応えようがねえぜ。それに、いまの生活《たつき》をことさら気に入っている……と、つけ加えておこうか」

そこは伊佐治もおなじである。

あとは伊佐治も仁左も無口になり、足元に気をつけながら歩を拾った。

二人とも提灯なしで夜の道を歩いている。これも尋常な人間にできることではない。

七

翌朝、

「きょうは俺、長屋で羅宇竹《らうだけ》の細工物の仕事をしなきゃなんねえのよ」

「俺は古着の繕《つくろ》い物があってよう」

と、仕事に出るおクマとおトラを送り出した。

羅宇竹の細工と古着の繕い物はほんとうである。

だがそれよりも、きょうは愛宕山の近辺や増上寺門前で異変があれば、裏仲の弥之市一家からつなぎがあるはずだ。それを待つため、長屋に一日詰めることになっているのだ。

午《ひる》にはまだ間のある時分だった。

来た。代貸の辛三郎だった。若い衆を一人連れ、洗濯をしたきのうの中間衣装二着を持って来ていた。血痕はきれいに消えている。

いつもの裏庭に面した部屋である。

それぞれがあぐらを組んだなかに、

「いやあ驚きやしたぜ」

と、辛三郎はきのう物見が息せき切って帰って来たときのようすを話し、

「きょうはもう朝から大門の大通りはえれえ騒ぎで、寄るとさわると堀川屋敷の話で持ち切りでさあ。もちろん、あっしらもきのうからばら撒きやしたが」

「へえ」

若い衆がうなずいた。一家を挙げ、天誅のうわさのばら撒きを慥《しか》とやってくれ

たようだ。

「――堀川屋敷の旦那と用人が、夜鷹の霊に呪い殺された」

「――殺された腰元が夜鷹の霊を誘い、中間にとりついて屋敷に舞い降り……ああ南無阿弥陀仏《なむあみだぶつ》、南無阿弥陀仏」

そればかりではない。

「三田の寺へ行った奥方と女中頭は、まったく同時刻だった。死体となって帰って来たぜ。恐ろしや、恐ろしや、南無妙法蓮華経《なむみょうほうれんげきょう》、南無妙法蓮華経」

うわさだけでなく、現実にそれらは死んでいるのだ。恐ろしさからか家にこもり、団扇太鼓《うちわだいこ》を叩いている者もいる。

それを語る辛三郎も若い衆も、真剣な表情だった。自分たちまで信じているような口ぶりだった。

午後にはうわさは街道をながれて日本橋から、江戸市中全域に広まるだろう。いったんながれれば、その足は速い。

札ノ辻に伝わったのは、辛三郎たちが帰ったすぐあと、金杉橋のほうから来たという馬子《まご》だった。お沙世の茶店の縁台に座り、

「お、俺、逃げて来たんだ。出やがったんだ、ほんとうに!」

お沙世はむろん。まわりに座っている客にも聞こえる大きな声だった。

「えぇえ！　ほんとうに⁉」

お沙世は持っていた盆を落としそうになった。

午《ひる》すこし前だった。まえにも一度あったが、おクマとおトラがふたたび足をもつれさせ、よろめき帰って来た。

「出たんだよう、ほんとうに！」

「みんな言ってる。やっぱり水子の祟《たた》りなんだあ！」

「あれれ、おクマさんもおトラさんも」

お沙世が駈け寄って二人の身を両手で受けとめ、縁台に座らせた。

仁左も伊佐治もおもてに出た。

「あ、仁さん。塩を持って来てあたしらにふりかけておくれよう」

「そう、このままじゃ長屋に戻れない」

二人の婆さんは言う。

人だかりができた。白羽の矢と白紐が効いたようだ。

実際に三田寺町の住人もうわさしていた。坂道にときおり赤子の足跡があり、そこで異変があったとなれば、

「幽霊坂に、水子の祟りが……」

なのだ。

堀川屋敷と三田寺町のうわさが、札ノ辻でぶつかって一体となった。

嗤《わら》う者はいなかった。

夕刻近くだった。お沙世の茶店に、久しぶりに客が絶えた一時《ひととき》があった。

仁左がふらりと出て縁台に座り、暖簾からお沙世が湯飲みを盆に載せ、出て来た。

「あたし、半信半疑なんです。仁左さんたち、なにか関わっているんじゃないですか。幽霊坂も堀川屋敷も……」

「あはは、あれに人の手が加わっていたとしたなら、そいつぁきっと、お沙世さんのうわなり打ちに触発されてのことだぜ。女の意地ならず、お江戸の町衆の意地を示してやろうと、な」

「もぉう」

「おっといけねえ。もうすぐ日の入りだ。湯に行かなきゃあ」

お沙世の出したお茶をぐいと飲み干し、腰を上げ逃げるように寄子宿の路地へ走りこんだ。仁左は、それを一言、お沙世に言いたかったようだ。

お沙世はカラになった盆を手に、その背を凝《じ》っと見つめていた。

その翌日である。おクマとおトラは、

「きょう一日、あたしら部屋にいるよ」

「もう、怖くて、怖くて」

無理もない。南に行けば幽霊坂の水子の祟りで、北に行けば腰元や夜鷹が中間に化身《けしん》し白刃を振るったうわさで持ち切りなのだ。

きょうは仁左と伊佐治はそれらのうわさを確かめるため、東海道の広い範囲をながす算段である。予定の道程に、愛宕山向こうの一帯は外れている。腰元に顔を見られているのだ。

長屋の部屋でおクマとおトラの念仏を唱える声を聞きながら、二人は連れ立って街道への路地を出た。

触売の声を上げるまえ、二人は話していた。

「仁左どん、教えてやらなくてもいいのかい。おクマ婆さんとおトラ婆さん、あの分ならきょう一日中、念仏を唱えているぜ」

「ああ。二人には悪いが、うわさに信憑性《しんぴょうせい》を持たせるため、しばらく黙っていよう」

仁左は背中でカシャカシャと鳴る音に合わせて言った。

水子霊の足跡の真相である。仁左と伊佐治はきのう、多門寺と明王院の樹木に登ったとき、近くの樹々の枝に猿が一匹、飛び移っているのを見た。

猿の足跡は、確かに見ようによっては赤子の足跡のように見える。それがほかの道なら気づく者はおらず、気づいても気にもしなかっただろう。だが幽霊坂という場所柄、下りはともかく上りは前かがみになり、それだけ顔を地面に近づける。気づいた者が飛び上がり、寺町周辺の町場の者に告げ、人が駆けつけて騒ぎになり、うわさにもなったのだろう。

赤羽橋で若党の梶山惣助に斬られた腰元のお智が、堀川右京の子を孕んでいたことは神谷町自身番の控帳に記され、外にも洩れているのだ。それも水子である。

二人は街道から脇道に入り、

「ふるーぎ、古着……」

「きせーるそーうじ……」

それぞれに触売の声を上げはじめた。

午過《ひるす》ぎだった。

忠吾郎は金杉橋の浜久の部屋で、榊原忠之と会っていた。忠之は相変わらずの深編笠《ふかあみがさ》に着ながしの二本差で、忠吾郎は腰に鉄製の長煙管を差している。兄弟二人が会うのは金杉橋の浜久でというのが、すっかり定着したようだ。浜久でも、忠吾郎が来るとなれば無理をしてでも一番奥の部屋を用意し、手前の部屋を空き部屋にし、対手への詮索も一切しない。このときも遊び人姿の染谷結之助が同席していた。

「いやあ、恐れ入った。ああも鮮やかにしてのけるとは、恐ろしくも感じるぞ。それに事後のうわさまで用意していたとはのう。それにしても、おまえはなんとも有能な子分を持ったものよ」

「あはは。子分じゃなく、寄子と言ってもらいてえ。得体の知れねえ者《の》もいるが、ともかく役に立つ得がたい逸物《いつぶつ》たちでさあ」

忠之の言葉へ忠次の忠吾郎が伝法な口調で返し、染谷はうなずいていた。

「で、奉行所はこの件をいかように？」

「それよ。科人《とがにん》が幽霊となれば、奉行所も手の出しようがない。玉鳳寺でのことは寺社奉行が目付に報告し、目付は老中とも相談のうえ、裁許を下すことになろう。堀川家は拝領地返上のうえ家名断絶は免れぬじゃろとの、もっぱらの評判でのう。このようなかたちで厄介な腰物奉行を消し去ることができ、ご老中たちもひと安堵、と城中にながれておる。それに、不遜《ふそん》ながら御側御用《おそばごよう》のあたりからは、すでにことの次第が奥へ奏上《そうじよう》され、上様にはことのほかご安堵の由《よし》と、洩れてきておるそうな。なにしろ御佩刀に関することゆえなあ。あはは、わしもひと安堵じゃ」

「御意《ぎよい》、と応えましょうかな。したが、わしはなにも将軍家のためにやったのじゃありやせんぜ」

「ふふふ。わかっておる」

「それで兄者、頼んでおいた例の件は」

「ふむ」

忠吾郎の問いに、忠之は染谷へ視線を移した。

「はっ、その儀なれば」

奉行と一緒のせいか、染谷は武家言葉である。

「仁左どのと伊佐治どのから聞き及びました、四角い顔で右目の下に泣きぼくろがある色白の腰元を探しましたところ、確かに一人おりました。下総の堀川家の拝領地より出て来た大百姓の娘にて、小苗《さなえ》と申しました」

「腰元の小苗だな。忠次とよく相談し、のちのちに瑕疵《かし》を残さぬよう処理せい」

「はっ」

忠之が言ったのへ、染谷はあぐら居のまま右手のこぶしを畳についた。

このあと染谷は忠吾郎と一緒に相州屋へ出向き、

「これで三度目じゃありませんか。こんどこそしっかり頼みますよ」

「へえ、もう金輪際《こんりんざい》。酒は絶ちやしたので」

「えーっと、江戸でいま普請場《ふしんば》の仕事といえば……」

店場の寄付《よりつき》に腰をかけて頭をかく人足風の男に帳場から意見し、職人・人足集めの控帳をめくっている正之助の仕事が終わるのを待ち、奥の部屋でこの番頭と額《ひたい》を寄せ合った。

さっそく翌日だった。夕刻近く正之助がいずれかより若い娘を寄子として、連れて来た。

仁左も伊佐治も長屋に帰っており、すでに仕事に出ていたおクマとおトラも寄子宿に戻っていた。

長屋の前で正之助は住人になっている寄子たちに引き合わせたが、その顔を見て仁左と伊佐治は仰天し、驚きが顔に出るのを懸命《けんめい》にこらえた。

娘は、

「小苗と申しまする。よろしゅうお願いいたします」

丁寧に辞儀をし、顔を上げ仁左と伊佐治を見て、

(はて)

といった表情になった。だが、それだけだった。

そのようすを忠吾郎は、母屋の陰から凝《じ》っと見ていた。

このあとすぐ、仁左と伊佐治は裏庭に面した部屋へ、ねじ込むように上がり、

「どういうことですかい!」

「驚きやしたぜ」

激しい口調の二人に忠吾郎は、

「思い切って試してみたのよ。事なきを得たようじゃねえか」

言うと達磨顔をほころばせた。

娘は紛れもなく、堀川屋敷の廊下で仁左と伊佐治が瞬時、言葉を交わしたあの腰元だった。あのとき仁左も伊佐治も中間姿で、形相は引きつっていたはずだ。だがいまは、仁左は職人姿で伊佐治は単の着ながしで頭には手拭を吉原かぶりにし、表情も穏やかになっている。

小苗は確かに二人を見て首をかしげた。だが、あのときの恐ろしい二人が、自分の面倒を看《み》てくれる人宿にいるなど、思いも寄らぬことであろう。

（似ているような）

それだけで終わった。そこに忠吾郎は賭けたのだ。こうしておけば、向後どこで仁左や伊佐治が小苗と出会っても問題はない。

堀川屋敷では家名断絶で残った奉公人たちが行き場に困っていた。そのなかの一人である小苗を、町奉行所の口添えで正之助が連れて帰って来たのだ。

「ふーっ」

仁左は安堵のため息をついた。瞬時といえど想定した、最悪の封じ方を免れたことへの安堵である。伊佐治も同様だった。

母屋から寄子宿の長屋に戻ると、小苗にはおクマたちのとなりの部屋があてられていた。おトラが部屋から出て来て、薄暗くなりかけたなかに言ったものだった。

「あんたら、若い娘さんに変な気、起こすんじゃないよ」

「てやんでえ」

伊佐治がすっかり板についた江戸弁で返した。

二日後、さすがは人宿の相州屋か、小苗は小石川の呉服問屋の奥女中に奉公先が決まり、寄子宿を出た。

仁左も伊佐治も変な気を起こすよりも緊張を解き、ホッとしたものだった。小石川なら札ノ辻とは江戸城をはさんでほぼ反対側で、商いで行くには遠く、このあと会うことはおそらくないだろう。

あと気になっていることといえば、殺された夜鷹、お稲、お智らの法要である。命日がそれぞれ異なるので、裏仲の弥之市が施主《せしゅ》となって忠吾郎と相談し、いい日にと準備はいま進められている。

それ以外は、相州屋はいつもの日常に戻っている。

おクマとおトラが仕事に出るころ、お沙世の茶店はもう縁台を往還に出している。

軒端に出た忠吾郎にお沙世が、

「旦那さん、きょうも困っていそうな人をお探しですか。こちらでお茶でも」

「おう、すまねえなあ」

向かいから声をかけたのへ忠吾郎は歩み寄り、縁台に腰かけた。

そこへ寄子宿の路地から、羅宇屋の道具箱を背にした仁左と、古着をもっこりと掛け両端に竹の足をつけた天秤棒を担いだ伊佐治が出て来た。

「あ、旦那。きょうもご苦労さんです」

伊佐治が縁台に朝の挨拶を投げた。忠吾郎が毎日街道で宿無しの者に声をかけているのを仁左から聞いて知っており、もう〝親分〟ではなく自然に〝旦那〟と呼ぶようになっている。

「きょうは赤羽橋のほうをまわって来やす」

「おう。二人とも稼いで来ねえ」

仁左も声をかけたのへ忠吾郎は返し、街道の往来人と荷馬や大八車のあいだに入った二人の背を目で追い、

（仁左……はたして本名か、底知れぬ男じゃが。そのうち来し方《こかた》を話してくれよう。それとも、伊佐治がなにか気づいてくれるかな）

思いながら鉄の長煙管に火をつけ、ゆっくりとくゆらせはじめた。

「旦那」

うしろからお沙世が、うながすように声をかけた。

見ると、昨夜は品川あたりで野宿だったか、ぼろ着をまといすり切れた草鞋に髷もかたちをとどめない、土と垢《あか》にまみれたまだ若そうな男が二人、きょろきょろというよりおどおどしたようすで街道を札ノ辻のほうへ近づいてくる。

「ふむ」

忠吾郎は長煙管をわきに置き、縁台から腰を上げた。

番頭の正之助から言われている。

「——浜松町のほうで、道普請《みちぶしん》の人足を四、五人、至急にと頼まれております」

ぼろをまとった若い男二人は、いずれ喰いつめ江戸にながれてきたのだろう。あしたの朝にはさっぱりしたようすで正之助に連れられ、普請場へ向かうのを見送ることになろうか。

忠吾郎は影走りもさりながら、そのような日々にこそ満足を覚えるのだった。

闇奉行　影走り

一〇〇字書評

切り取り線

購買動機（新聞、雑誌名を記入するか、あるいは○をつけてください）

□（　　　　　　　　　　　　　）の広告を見て
□（　　　　　　　　　　　　　）の書評を見て
□ 知人のすすめで　　　　　　□ タイトルに惹かれて
□ カバーが良かったから　　　□ 内容が面白そうだから
□ 好きな作家だから　　　　　□ 好きな分野の本だから

・最近、最も感銘を受けた作品名をお書き下さい

・あなたのお好きな作家名をお書き下さい

・その他、ご要望がありましたらお書き下さい

住所	〒				
氏名		職業		年齢	
Eメール	※携帯には配信できません		新刊情報等のメール配信を 希望する・しない		

この本の感想を、編集部までお寄せいただけたらありがたく存じます。今後の企画の参考にさせていただきます。Eメールでも結構です。

いただいた「一〇〇字書評」は、新聞・雑誌等に紹介させていただくことがあります。その場合はお礼として特製図書カードを差し上げます。

前ページの原稿用紙に書評をお書きの上、切り取り、左記までお送り下さい。宛先の住所は不要です。

なお、ご記入いただいたお名前、ご住所等は、書評紹介の事前了解、謝礼のお届けのためだけに利用し、そのほかの目的のために利用することはありません。

〒一〇一・八七〇一
祥伝社文庫編集長 坂口芳和
電話 〇三（三二六五）二〇八〇

祥伝社ホームページの「ブックレビュー」からも、書き込めます。
http://www.shodensha.co.jp/bookreview/

祥伝社文庫

闇《やみ》奉行《ぶぎょう》　影走《かげばし》り

平成28年2月20日　初版第1刷発行

著　者　喜《き》安《やす》幸《ゆき》夫《お》

発行者　辻　浩明

発行所　祥伝社《しょうでんしゃ》

東京都千代田区神田神保町3-3
〒101-8701
電話　03（3265）2081（販売部）
電話　03（3265）2080（編集部）
電話　03（3265）3622（業務部）
http://www.shodensha.co.jp/

印刷所　萩原印刷
製本所　ナショナル製本
カバーフォーマットデザイン　中原達治

Printed in Japan ©2016, Yukio Kiyasu ISBN978-4-396-34181-7 C0193

祥伝社文庫の好評既刊

喜安幸夫
隠密家族
薄幸の若君を守れ！　紀州徳川家の御《ご》落胤《らくいん》をめぐり、陰陽師の刺客と紀州藩薬込役《やくごめ》の家族との熾烈《しれつ》な闘い！

喜安幸夫
隠密家族　逆襲
若君の謀殺を阻止せよ！　紀州徳川家の隠密一家が命を賭けて、陰陽師が放つ刺客を闇に葬る！

喜安幸夫
隠密家族　攪乱《かくらん》
頼方《よりかた》を守るため、表向き鍼灸《しんきゅう》院を営む霧生院《きりゅういん》一林斎《いちりんさい》たち親子。鉄壁を誇った隠密の防御に、思わぬ「穴」が……。

喜安幸夫
隠密家族　難敵
敵か⁉　味方か⁉　誰が刺客なのか？新藩主誕生で、紀州の薬込役(隠密)が分裂！仲間に探りを入れられる一林斎の胸中は？

喜安幸夫
隠密家族　抜忍《ぬけにん》
新しい藩主の命令で、対立が深まる紀州藩。若君に新たな危機が迫るなか、一林斎は、娘に家族の素性を明かす決断をするのだが……。

喜安幸夫
隠密家族　くノ一初陣
世間を驚愕《きょうがく》させた大事件の陰で、一林斎の一人娘・佳奈《かな》は、初めての忍びの戦いに挑む！

祥伝社文庫の好評既刊

喜安幸夫　**隠密家族　日坂《にっさか》決戦**

東海道に迫る上杉家の忍び集団「伏嗅組」の攻勢。霧生院一林斎家族は、参勤交代の若君をどう守るのか？

喜安幸夫　**隠密家族　御落胤《ごらくいん》**

兄・吉宗の誘いを断り、鍼灸療治処を続ける道を選んだ霧生院の一人娘・佳奈《かな》。そんな中、吉宗の御落胤を名乗る男が……。

喜安幸夫　**出帆《しゅっぱん》**　忍び家族①

戦国の世に憧れ、抜忍《ぬけにん》となった太郎左《たろうざ》・次郎左《じろうざ》。豊臣の再興を志す国松《くにまつ》と、幕府の目の届かぬ大宛《たいわん》(台湾)へ――！

長谷川　卓　**百まなこ**　高積《たかづみ》見廻り同心御用控

江戸一の悪を探せ。絶対ヤツが現われる……南北奉行所が威信をかけ捕縛を競う義賊の正体は？

長谷川　卓　**犬目**　高積《たかづみ》見廻り同心御用控②

江戸を騒がす伝説の殺し人〝犬目〟を追う滝村与兵衛《たきむらよへえ》。持ち前の勘で炙り出した真実とは？　名手が描く人情時代。

長谷川　卓　**目目連**　高積《たかづみ》見廻り同心御用控③

殺し人に香具師《やし》の元締、謎の組織〝目目連〟が跋扈《ばっこ》するなか、凄腕同心・滝村与兵衛が連続殺しの闇を暴く！

祥伝社文庫　今月の新刊

富樫倫太郎
生活安全課0《ゼロ》係　バタフライ
マンションに投げ込まれた大金の謎に異色の刑事が挑む!

南　英男
警視庁潜行捜査班　シャドー
監察官殺しの黒幕に、捜査のスペシャリストたちが肉薄!

内田康夫
氷雪の殺人
日本最北の名峰利尻山で起きた殺人に浅見光彦が挑む。

西村京太郎
狙われた寝台特急「さくら」
人気列車で殺害予告、消えた二億円、眠りの罠――。

安達　瑶
強欲　新・悪漢《わる》刑事《デカ》
女・酒・喧嘩上等。最低最悪刑事の帰還。掟破りの違法捜査!

風野真知雄
笑う奴ほどよく盗む　占い同心　鬼堂民斎
ズルもワルもお見通しの隠密易者が大活躍。人情時代推理。

喜安幸夫
闇奉行　影走り
情に厚い人宿の主は、奉行の弟!?　お上に代わり悪を断つ。

長谷川卓
戻り舟同心
六十八歳になっても、悪い奴は許さねえ。腕利き爺の事件帖。

佐伯泰英
完本　密命　巻之九　極意　御庭番《おにわばん》斬殺
遠く離れた江戸と九州で、父子に危機が降りかかる。

佐伯泰英
完本　密命　巻之十　遺恨《いこん》　影ノ剣
鹿島の米津寛兵衛が死んだ!?　江戸の剣術界に激震が走る。